LA REVOLUCIÓN

ESTADISTA

POR ALEXIS ZÁRRAGA VÉLEZ

ALEXIS ZÁRRAGA VÉLEZ

Para mi estadista favorita, Marisol

ALEXIS ZÁRRAGA VÉLEZ

"Y nuestra destrucción no vendrá del exterior… viene al revés"

-Tito Auger-

ALEXIS ZÁRRAGA VÉLEZ

Prólogo

ALEXIS ZÁRRAGA VÉLEZ

El bebé era feo.

Esto es redundante, porque los bebés son, si me permiten ser cándido, feos por diseño. Muchas personas (quiero con esto decir "mujeres") encuentran a los bebés como criaturas hermosas, pero estoy convencido de que si mi cabeza fuera del tamaño de mi tórax, y me babeara casi todo el tiempo (o más que lo actual), me mirarían con mayor repulsión aún.

Todo esto es importante para lo que quiero comentar sobre Alexis Zárraga Vélez y su obra épica "La Revolución Estadista".

***

La escritura es como la pintura.

Usted puede conseguir doce pintores diferentes, para que pinten un envase de frutas específico que usted tiene sobre una mesa, y obtendrá doce versiones distintas del precio que le quieren cobrar, y alguno que otro que le reclamará por la bajeza humillante de la asignación. Pero digamos, para poder avanzar en el ejemplo, que los pintores acceden a su pedido. No hay que ser muy brillante para anticipar que este párrafo termina declarando que usted obtendrá doce pinturas radicalmente diferentes, a pesar de haber usado el mismo modelo.

Si para nuestro ejemplo usted usó doce pintores de estilos diferentes, la diferencia será aún más marcada. Tendrá sus ejemplos de frutas realistas, algunas creadas solo en trazos, otras con simples colores primarios, algún fanático de Dalí que pondrá sus toronjas derritiéndose, y seguramente un Picasso wannabe que le meterá tres tetas a los guineos.

El punto es que, hay muchas maneras de interpretar el mundo, y de expresar esa percepción.

Lo mismo ocurre con los escritores. Podemos presentar el mundo como tragedia, como reflexión, como una intriga, quizás misterio, algunos como romance.

Pocos saben interpretarlo como humor.

El humor nunca se toma en serio, lo cual es una ironía porque, por definición, el humor trata de no tomar las cosas en serio. Debo corregir: El humor aparenta no tomar los temas en serio.

De la misma manera que el pintor abstracto no pretende restarle importancia alimenticia a las frutas porque las haya pintado como formas geométricas desproporcionadas, el autor de humor no considera las tragedias del mundo menos importantes; solo nos las presenta en otra forma.

Los autores sufren de una necesidad de importancia y respeto que los lleva a rehuir del humor. Pero creo que el humor es una de las maneras más agradables de mirar el mundo. O a un bebé feo.

Después vamos con el bebé. Voy con el autor de la obra que tienen en sus manos.

Alexis Zárraga Vélez usa el humor como su estilo de pintura; mejor dicho, de escritura. Así como el pintor tiene sus herramientas de trabajo, sus pinturas predilectas, sus pínceles para ciertos trazos, el humorista tiene muchas opciones en su equipo de creación: el sarcasmo, la ironía, el juego de palabras, la sorpresa, el humor negro, el "shock", el absurdo, y muchos otros.

En "La Revolución Estadista", Zárraga no escatima en su arsenal creativo. Hay humor de referencias, parodia, violencia (esto es un tipo de humor e, inclusive, uno de los más legendarios, como puede demostrarle cualquier corto de comedia del cine mudo o hasta "Tom & Jerry") y humor escatológico. Nada es usado caprichosamente, y tiene su propósito en la construcción de una historia que, si quisiéramos ahorrar palabras, tenemos que describir como demente.

Esta obra nos presenta un Puerto Rico devastado. Uno de los mecanismos más importantes en la construcción humorística es la exageración. Los desastres descritos aquí parecen una locura. Pero si es importante el trabajo del autor de humor, más crítica es la participación sabia del lector. El autor no desea que se le interprete "literalmente", sino que podamos ver, a través de la lupa que nos ha puesto, lo gigante que puede ser lo minúsculo.

Tomemos, por ejemplo, el caso del status político, lo cual es importante mencionar, ya que ocupa parte del título de esta novela. Zárraga se cuida en atacar o halagar algunas de las fórmulas sugeridas para Puerto Rico, ya que de eso no tratan estas páginas. Su punto no es ofrecer una solución política, sino que miremos la manera en que diferir en dicha solución nos divide como pueblo. Y esa división nos debilita y destruye, como una especie de "guerra civil fría". El trabajo del escritor –en este caso el que usa el medio del humor– es presentarnos este conflicto de una manera absurda, porque lo absurdo siempre capta la atención, y desde ahí se pasa a la reflexión. Entiendo que esto es más poderoso que historias cargadas de citas celebres y palabras domingueras, que solo pretenden proyectar lo mucho que el autor sufre por el dilema.

Si el tipo de humor es la herramienta de pintura, entonces los temas, lugares y personajes forman el lienzo de esta comparación forzada. Zárraga usa nuestra isla proyectada al futuro, las peculiaridades de nuestros pueblos y, sobre todo, personalidades de nuestra isla. Aunque esto pueda causar algunas reacciones por reflejo, no podemos olvidar que nuestras figuras artísticas y políticas son parte de los componentes que definen lo que es Puerto Rico.

Con todo este armamento de humor, el talento indiscutible para el manejo de la palabra, y una aparente obsesión por las nalgas, Zárraga nos presenta un cuadro apocalíptico de Puerto Rico, donde los ideales por el bien del país son pretextos para formar tribus en disputa.

Muchos pueden decir que no es un cuadro alentador. Pero pintar un mejor mundo, no es el trabajo del escritor de humor, y quizás ahí está la razón de la poca popularidad que gozan. El verdadero humorista está obligado a presentar las cosas como son, no como debieran ser. Si le pides que pinte el envase con frutas, pero ya las frutas están pasadas de fecha, los demás pintores quizás lo corrijan en sus versiones, pero el humorista, de seguro, le añadirá moscas.

Y por eso el bebé feo. Mientras todos mentirán por crear agrado en el momento de presentar el recién nacido a familiares y amigos, el humorista será el único que, cuando le indiquen que el bebé es hermoso, preguntará que comparado contra cuál tumor.

Alexis Zárraga Vélez nos dice, sin que le tiemble el pulso o el teclado, que el bebé es feo.

Nunca culpe al escritor de humor. El bebé no será más lindo porque uno diga que lo es. Y Puerto Rico no resolverá su rumbo al desastre solo porque se quiera tapar con optimismo sin cambio.

Bienvenidos a "La Revolución Estadista".

Alexis Sebastián Méndez

Escritor

Y aunque sea lo último que haga en su vida, el gallardo joven saca fuerzas del culo para escalar el asta y poner con mucho orgullo la bandera de los Estados Unidos.

Puerto Rico, 2050

ALEXIS ZÁRRAGA VÉLEZ

Puerto Rico es la funesta estampa de un escenario apocalíptico: desolación, hambre, pueblos fantasmas, escasea el agua potable y hay graffitis de bichos dibujados en los paneles de madera que cubren los negocios y hogares. La recia crisis provocó que la gente de Cataño se volviera caníbal comiéndose unos a los otros, y que los residentes de Guaynabo se vieran obligados a cazar y comerse a los cerdos vietnamitas.

El incómodo silencio atormenta a los boricuas que quedan en la isla, y los habitantes tienen un repugnante hedor encima que los confunde con muertos vivientes. La podredumbre es tan normal que ni las moscas se le paran en el culo a la gente, y los changos -aves seudo rapaces-

unos días comen lagartijos y otros días comen mierda. Ya no queda ni la más remota pizca de esperanza en un lugar que en otra época imperialista fue un deseado botín de guerra.

A esta fecha la isla aún no tiene un estatus definido, sigue siendo una sucia colonia gringa, solo que en los Estados Unidos decidieron dejar de enviar fondos y simplemente picharon a Puerto Rico, ya que los partidos políticos nunca se pusieron de acuerdo en qué carajo iban a hacer o qué puñetas quería la gente del país. Hace varios años atrás hubo un gran caos luego de un levantamiento de la izquierda para acabar con el gobierno estadista, los 'fast food' cerraron, los Walgreens se marcharon, y el aeropuerto fue roto a marronazos por Tito Kayak, mientras gritaba en su incomprensible idioma juanadino *"Jaquí nadie Je va, Joño"*.

Los asustados y desesperados penepés se tiraron al mar para huir; algunos se aferraron a la espalda de los manatíes para cabalgarlos hasta Haití, pero olvidaron que estos mamíferos son bastante vagos, así que muchos estadistas murieron como postre de tintorera. Los únicos que se quedaron en el país fueron los restaurantes de comida china, y el resultado fue que subieron sus precios a niveles absurdos y estos banquetes solo podían ser disfrutados por la minúscula oligarquía que quedaba en el país. Al sol de hoy, todavía nadie sabe de dónde carajo siguen sacando la carne ahumada de impresionante color escarlata y existe la teoría de que los restaurantes chinos son parte de un complot del gobierno comunista de China para quedarse con la isla.

Como si fuera poco el estado de confusión y desorden que tenía el país, la apóstola Tata Charbonier decidió alertar a los puertorriqueños e hizo una terrorífica predicción: un despiadado terremoto haría trizas a Puerto Rico de Humacao a Mayagüez. Aunque todo el país la ignoró, la profecía se cumplió, pero solo se jodió Ponce; que terminó desprendiéndose de la isla y alejándose dentro del mar. Los ponceños celebraron durante varias horas que al fin serían un país aparte, pero el pueblo se hundió a los tres días dejando solo La Cruceta del Vigía visible sobre el mar. Ahora la cruz era símbolo del cementerio marino donde yacen los cadáveres de miles de seres humanos que arrastraban la R al hablar.

Muchos ponceños fallecieron aferrados a la

titánica cruz que una vez estuvo anclada en una espigada colina, y otros murieron porque pensaron que era una excelente idea amarrarse con cadenas a las inmensas letras que decoraban la entrada a la ciudad. Todo aquel que intentó salvar su vida nadando del zozobrante Ponce hacia Juana Díaz, fue insultado por un coro de fatigados sureños que gritaban casi sin aire "¡ojalá te jodas, canto 'e puerco! ¡Gusano! ¡Vendío!" El último ponceño que rugió mientras el agua se le metía por el culo disparó un "¡Ponce es Ponce y lo demás es parking!" y nunca más otro boricua supo qué carajo significaban esas palabras.

Ante este estado de confusión y arroz con culo, y con la juyilanga de las familias ricas que controlaban el país, Puerto Rico quedó sin gobierno luego del levantamiento en armas de la guerrilla, no quedaban muchos estadistas, no se sabía nada de los populares y finalmente la izquierda pudo dirigir la isla. Con sus cánticos de sirenas, su cero conocimiento en números y poca capacidad para distribuir recursos, este nuevo gobierno se aferraba a echarle la culpa de su mala administración a las trampas del destino.

La gallina de palo se convirtió en el nuevo símbolo patrio, pero el himno sigue siendo igual de dócil, ya que las canciones infantiles habían funcionado en la psiquis de la gente, y no se atrevían a hacer un canto a la guerra para que los habitantes no se le metieran en la chola ideas emancipadoras o pensamientos de sublevación.

Hay frases motivacionales de Rubén Berríos escritas por todos lados, algunas dicen: *"Ustedes como individuos no valen tres carajos, pero juntos somos poderosos*" o "*La revolución es el alimento del alma; el hambre y el ruido de las tripas solo son debilidades de los cobardes*" y "*El duro sacrificio de hoy es un ensayo para lo que está por venir*". Los puertorriqueños repetían estas palabras sin comprenderlas y nadie estaba seguro que Rubén hubiese sido el autor intelectual de ellas.

En este nuevo Puerto Rico no se podían hacer muchas preguntas, y cualquier duda genuina era un motivo para ser acusado como disidente. La disidencia se pagaba con muerte… o peor: con violaciones hasta la muerte. Gritos de guerra como "Venceremxs" están escritos con sangre de menstruación en El Morro, la Milla de Oro es un solitario lugar con edificios vacíos y escritos con frases como "Abajo el capitalismo", "Free Nina" y "Arranquen pa'l carajo, banqueros, que aquí lo que hace falta son trovadores".

El gobierno expropió Plaza Las Américas para hacer una gran plaza del mercado llamada "La plaza de la abundancia", pero debido a que no quedan muchos agricultores, solo se pueden conseguir aguacates a punto de podrirse, pequeños jobos y flacas quenepas. El tótem en la Plaza del Quinto Centenario fue sustituido por una gran estatua de Sonia Valentín, y los destinos de esta piedra caribeña ahora eran dirigidos por una pequeña, carismática y malvada mujer: la comandante Alanïa.

ALEXIS ZÁRRAGA VÉLEZ

EL AMANECER DE LA REVOLUCIÓN ESTADISTA

ALEXIS ZÁRRAGA VÉLEZ

La comandante era la más ruin y mezquina líder en todo el mundo occidental. Al ser tan añoñada por los medios de comunicación desde que cagó su primer pamper y lo embarró con una fétida mierda color verde oliva, Alanïa jura que todos la adoran y cree ser la mesías que Puerto Rico necesita para salir del tercermundismo.

Con sus pequeñas manos y dedos similares a los de un dragón de Komodo sietemesino, agarra una copita plástica con sidra y camina lentamente por el balcón del Palacio de Santa Catalina, mientras sus pulmones tienen un intercambio de oxígeno y preponderancia. La Policía de Puerto Rico, ahora convertida en la milicia alaniana, observa en formación a la dictadora, quien les ofrecerá unas palabras como lo hace cada tarde. Con una imponente, finita y majadera voz, se dirige a sus fieles tropas que modelan unos desagradables uniformes color kaki, calzan zapatos kung fu y llevan en sus cabezas cascos de bicicleta. Antes de hablar, observa que entre los soldados está su amada mascota: Carmín, una arisca gansa que le regaló su prima Gia y que no teme en morder por placer. El brazo de poder de Alanïa presta atención temeroso, y ella finalmente se enuncia ante sus cagadas tropas:

Alanïa: Soldados, ¿a quién ustedes le deben su vida?

Soldados: *(todos a coro)* ¡A usted, Suprema Alanïa!

Alanïa: ¿Quién los alimenta rico?

Soldados: *(todos a coro)* ¡Usted, Suprema Alanïa!

Alanïa: ¿Quién los viste lindo?

Soldados: *(todos a coro)* ¡Usted, Suprema Alanïa!

Alanïa: ¿Quién los calza cómodo?

Soldados: *(casi todos a coro)* ¡Usted, Suprema Alanïa!

Alanïa se da cuenta que no todos dijeron la respuesta, y con sus ojos de búho en cocaína observa las filas de los soldados. Desde la altura de su balcón, nota a un soldado con cara de nerviosismo. La dictadora saca su arma, y le dice a sus tropas que se aparten porque va a dar una lección. Hace un gesto con su cara como si hubiese chupado el más amargo limón y manda al angustiado soldado a que dé un paso al frente.

Soldado: *(con la voz ronca)* Disculpe, majestad, estoy un poco enfermo de la garganta y me duele al alzar la voz.

Alanïa: Me importa tres carajos.

Soldado: *(con la voz ronca)* Por favor, no vuelvo a…

Sin decirle una palabra más, Alanïa le disparó al pecho; pero al no ser hábil con las armas de fuego, el tiro le dio a otro soldado, matándolo en el acto.

Alanïa: Debe ser el viento que me desvió la bala.

La totalitaria mujer vuelve a disparar y esta vez mata al soldado con dolor de garganta. La gansa Carmín muerde el cadáver y con su seca lengua prueba un poco de la sangre del inocente hombre.

Alanïa: Píquenle sus bichos para que se los den a la criatura enjaulada. Desnúdenlos, tírenlos en la fosa, y denle el uniforme de ellos a los nuevos reclutas.

Luego de que la macabra líder terminara de hablar, otro soldado pide turno para dirigirse a la dictadora.

Soldado: Majestad, los uniformes están manchados con sangre y rotos por la bala. No creo que sea correcto dárselo a los reclutas.

Sin reflexionar sobre la sugerencia que el miliciano le acaba de decir, la cruel dictadora le da un disparo, y aunque apuntó a la rodilla solamente para herirlo, le dio en los huevos matándolo en el acto.

Alanïa: ¿Alguien más tiene algo que decir? ¿Alguno tiene otra queja?

Un silencio fúnebre se paseaba por el lugar, y los soldados no se atrevían ni a tirarse un peo con tal de no enfadar a la diminuta y cabrona Alanïa. La gansa Carmín le añadía más tensión a la escena, a la misma vez que pasaba su largo cuello por las piernas de los hombres como una peligrosa navaja acariciando las bolsas de sus testículos.

Alanïa: Así me gusta, huelebichos, que guarden silencio cuando yo hablo.

La tirana cierra los ojos y le da un sorbo a su pequeña copa. Sus labios en forma de piquito se humedecen con el zumo, pero este no llega a su lengua… la comandante tiene sed de conquista y quiere emborracharse de poder. Diminuta de estatura, pero inmensamente cabrona, ahora tiene planes de expandir su dominio, y ya no solo se limita a oprimir la isla, sino que desea hacerlo en todas Las Antillas; pero primero tiene que acabar con su única amenaza: los pocos estadistas que existen en lo que queda de Puerto Rico, ya que le han llegado rumores de que estos piensan sublevarse.

Alanïa mira con envidia a la más extensa de las Antillas Mayores, la República de Cuba, que está teniendo mucho éxito luego de que erradicaran el comunismo, y la realidad es que le va fenomenal. Incluso, negocios boricuas como Padilla's Pizza (ahora Travieso's Pizza) se mudaron para La Habana para evitar la expropiación de sus empresas por parte del régimen alaniano; hasta le cambiaron el nombre a los productos, y así fue como surgieron nuevas marcas como el restaurante "El Churry Habanero", la cerveza "Malecón Light" y el ron "Don Qubano".

La enana tirana sabía que a los boricuas les encanta beber, pero a falta de cerveceras no le quedó más remedio que mantener con vida a Luisito Vigoreaux, cuyo débil y pálido cuerpo -a veces confundido con un cadáver- está amarrado a la sucia cama de un casi inoperante Centro Médico. Luisito es sometido día a día a una serie de abusos donde le dan maicena y brócoli para mantenerlo con vida, lo hidratan con agua y néctar de pera varias veces al día, y luego lo obligan a mear para seguir brindando al pueblo una cerveza que tiene 15% de alcohol por volumen. "Un pueblo borracho no conspira", dice con orgullo la autócrata, mientras da una sonrisa nociva y muestra sus pequeños, malvados y afilados colmillitos.

Alanïa, quien a veces se pasea con un fino bastón rosita por la institución para ver lo que ella llama "sus queridos monstruos", se acerca a Luisito, le dan ganas de vomitar por el fuerte olor que emana el famoso alcohólico, y con una mascarilla en su rostro se acerca al putrefacto hombre.

Alanïa: Gracias por tu servicio al país, paralítico.

Luis: Paralítico de qué carajo, cabrona, si me tienen amarrado aquí y no puedo pararme.

Alanïa: No puedes pararte porque te cortamos las piernas.

Luis: ¿Que me cortaron qué, cabrona?

Alanïa: Te las cortamos el día de tu cumpleaños cuando nos suplicaste por ginebra. Te dije que te la conseguía si te dejabas picar las piernas y dijiste que sí.

Luis: No me acuerdo de eso, cabrona.

Alanïa: La próxima vez que me digas cabrona, te voy a picar los brazos.

Alanïa coge el bastón y repentinamente le

mete con él en los muslos al borracho lisiado, quien grita "¡puñeta!" y se desmaya del dolor.

Aunque es conocida por ser una asidua fanática de la violencia, a la dictadora también le encantan los chistes. Incluso, en una esquina de La Fortaleza tiene enjaulado a un encorvado y culipodrío Mikephillipe Oliveros, quien le repite antiguos pasos de comedia de Teatro Breve para hacerla reír. Alanïa casi nunca se ríe con las líneas del señor Oliveros, pero la amorfa y blandita anatomía del horrendo comediante le provoca mucha pavera.

Si bien se comentan los atropellos de la comandante, también hay que recalcar su lado benévolo con sus sirvientes, y es el mismo esclavo Mikephillipe el que agradece que ella le pague con carne molida hecha con penes y testículos de hombres fusilados. Con una joroba provocada por la jaula que mide cuatro pies de largo, tres pies de ancho y cinco pies de alto, este horrendo y desagradable ser de seis pies y tres pulgadas se come la carne molida usando su dedo del corazón y su dedo índice como utensilio, y engulle la molla hecha con cadáveres de bichos.

"Gracias, majestad, por esta sabrosa comida", le susurra la criatura, mientras deja rastros de la carne molida en su voluminosa barba. Hay que destacar que realmente a quien ella deseaba recluir era a Chente Ydrach, pero este falleció la mañana de un domingo intentando beber su propio semen ante la implacable sed y el calor santurcino.

La pequeña patrona dice ser una amante del arte, aunque la única obra que se le conoce a la dictadora es haberle puesto pelos en los sobacos a las musas (obviamente con vello de caballeros fusilados) del Centro de Bellas Artes, donde todos los viernes un frágil Tito Auger le canta coplas acústicas a la nueva y arrogante líder, por un plato de arroz chino. Canciones como "Siente el fuego de mi carabina" y "La ruiseñora" son temas que el público debe cantar con la mano en el corazón y mirando de forma sumisa hacia el piso para el deleite de la chiquidictadora.

A la isla no le va nada bien… y esto tiene que cambiar.

En la mañana de un cálido martes, Kevincito -un inocente joven de débil apariencia y sonrisa de monaguillo- dormía a la intemperie, cubriendo sus flacas y enclenques nalgas con unos viejos ejemplares de El Vocero que encontró en el camino. El bisoño mochilero despertó violentamente por unos despiadados soldados de la república, también conocidos como "los alanianitos", que sacaron los viejos periódicos que servían de sábana e intentaban subirle la batola que encubría su fundillo para violarlo salvajemente.

Kevin: ¿Qué hacen, cabrones?

Alanianito #1: Venimos a darte amor.

Kevin: ¡No, por favor! ¡Tengo churras!

Uno de los soldados lo penetró sin cariño alguno, puso sus dos manos sobre los hombros del chico y comenzó a moverlo hacia el frente y hacia atrás. Los hombros del miserable jovenzuelo eran el manubrio del lascivo miliciano, y el chico solo se limitaba a toser para que el culo se le expandiera y así sentir menos dolor.

Kevin: ¡Acaba y eyacula ya, por amor a Dios!

Alanianito #1: Cállate, nalgas secas.

El segundo soldado decidió unirse a la escena, y como no había coordinación en este trío sexual, decidió meter su pene en el ano a la misma vez que su compañero. La víctima hizo un sonido que parecía de dolor, pero más bien era un resuello de incomodidad, pues no estaba acostumbrado a dos penes intentando entrar al mismo orificio a la vez sin este estar debidamente lubricado.

Kevin cerró su boca sin mostrar expresión alguna, y mantuvo la coraza y el temple de una mujer pariendo un noveno hijo, mientras los miembros castigaban a la misma vez un abierto ano que retaba el doble embiste de dos bisontes lujuriosos.

Alanianito #2: ¿Qué pasó, culito 'e pan? ¿No te gustan los threesomes?

Kevin: No los disfruto. ¿Y a ustedes? ¿Les gusta sentir sus bolas chocando unas con las otras? ¿Disfrutas acariciar el tajo de la circuncisión del pana tuyo? Parece que sí, maricón.

Kevin recibió un puño en la cara que lo dejó

confuso, pero habían cesado de violarlo. Fue una movida arriesgada del chico, pero funcionó. Los soldados se subieron los pantalones algo avergonzados, aunque uno de ellos había eyaculado sobre el ano de Kevin y un poco sobre su coxis. Mientras el segundo soldado se sacudía el pene que mandaba a volar cientos de espermatozoides, antes de finalmente guardar el miembro dentro del calzoncillo expulsó otro poco de semen que cayó sobre la cabeza y nuca del chico. Antes de irse, uno de ellos se acercó al oído de Kevin, e ignorando el fuerte olor a caca que había en la escena, este le susurró a su víctima: "la próxima vez, será guateke hasta la muerte". Los alanianitos se marcharon en su Jeepeta con pedales de bicicleta y con música de Ozuna de fondo, no sin antes amenazar a Kevin con que no lo querían ver más por el área o le meterían caliente.

Asustado, cansado, adolorido, y con un mayoketchup en su ano hecho con líquida sangre y espeso semen, el chico se arrastró hasta buscar en su mochila un viejo pote de salchichas Carmela, pues llevaba muchas horas sin alimentarse. Kevin se comió el codiciado embutido, y para bajarlas se bebió el caldo de las salchichas. Débil, pálido y tendido en el suelo, Kevin recordaba los cuentos que le hacía su abuelo sobre una época en que Puerto Rico era un lugar con incontables recursos, habían cupones, se construían trenes en el área metropolitana, la costa sufrió el castigo para que los ricos compraran casas en la playa y sobraba dinero hasta para que los políticos y funcionarios lo guardaran en sus casas. Kevincito recordó que cuando comenzó la debacle, su abuelo le decía que era culpa de los populares y los melones, y que "Puerto

Rico necesitaba una Revolución Estadista".

Eso tenía mucho sentido para el horrendo chico, ya que una Revolución Estadista podía cambiar el panorama de hambre, devastación y ruinas que había en Puerto Rico. Solo había que buscar personas que se atrevieran a derrocar a la rufiana Alanïa, y encontrar un líder para volver a hacer el viejo país que una vez fue. Kevin era de los pocos sobrevivientes de Guaynabo, y ahora solo debía buscar más gente como él. Fue así como recordó las sabias palabras de su abuelo: "el alcalde de Bayamón tiene una historia con Samantha Love y Ricky Banderas"... pero Kevin no entendía lo que su amado abuelo quería decir con esto. Aun así, una corazonada lo empujó a caminar hasta Bayamón para ver si encontraba más piezas del rompecabezas que había en su mente.

Antes de salir, Kevin escuchó a lo lejos a "los alanianitos" pasando en sus 'trocas' gritando estribillos como "¡si por carne maullas, aquí está la tuya!" y "¡te clavaría mi espada tan adentro del culo que al sacarla me dirían Rey Arturo!" El demacrado y delgado varón sabía que si se topaba con las tropas de la comandante, volvería a ser violado… y lo violarían hasta matarlo. Esta no sería una misión fácil, así que debía ser escurridizo, actuar con cautela y pasar desapercibido.

Al llegar a la Bayamonia, Kevin se sorprendió, pues estaba igual de feo, gris y desordenado que las fotos de Chernóbil que una vez vio en un antiguo libro. Estando un poco perdido, miró a una pared que estaba escrita con mierda seca y que decía *lapedrita*. Se detuvo, inhaló el 'smog' que está afincado en Bayamón y cerró los ojos con un poco de ardor. Una voz gruesa y viril en su cabeza le decía: "Kevin, no es casualidad que el cielo sea azul y el infierno sea rojo. Estás cerca... sigue el olor a estadidad". Con los ojos cerrados, Kevin activó su olfato, pero los únicos aromas que entraban a sus fosas nasales lo eran la peste a caca y el humo.

"¿Pero de quién es esa voz?", se preguntó mientras intentaba abrir los ojos. Kevin al fin reconoció que era la voz de Cucusa Hernández, y aunque sintió confusión, con la poca vista que le quedaba, continuó su camino. "Ya estás cerca, cabrón. Camina fino", le dijo la voz a Kevin, quien siguió las instrucciones, pues se sintió algo intimidado por el temible vozarrón. Observando fijamente el asqueroso lugar, notó en la pared un pasquín de Georgie Navarro señalando que decía "Con el del frente siempre dando alante". El esquelético viandante miró hacia donde señalaba el pasquín de Georgie y se fijó que indicaba un viejo lugar que le recordaba su infancia: era el Salón La Cima, en el Parque de las Ciencias, un lugar en el que los penepés bebían hasta terminar bailando y besándose unos con otros.

Kevin tocó la deslucida puerta, y un tierno y dulce anciano le dice: "¿qué haces aquí, hijo de puta?"

Kevin: Tranquilo, señor, no me viole. Estoy buscando... eh... solía venir aquí cuando era niño.

Anciano: ¡Que se joda! ¡Vete pa'l carajo, mamabicho!

Kevin: La voz de Cucusa me dijo que llegara hasta aquí.

Anciano: ¿La voz de Cucu? Entonces Zaida te envió hasta aquí. Anoche soñé que también ella me hablaba desde el cielo.

Entre las tinieblas, aparecen unos ojos casi amarillos, como los de un monstruo hambriento. Kevin percibió un fuerte olor a azufre combinado con un aroma a majado de viandas que en complicidad con la tenebrosidad de una mirada vidriosa lo hicieron sentir en el mismísimo infierno. Unos tragaluces rotos mostraron a la criatura corcovada que caminaba en la oscuridad… era Carlos Romero Barceló, quien todavía está vivito, coleando y respirando más clarito que nunca.

Kevin lo reconoce, así que se le acerca a Romero Barceló para darle la señal del antiguo pacto estadista… camina cauteloso, se acerca lentamente al apacible y manso anciano… y lo besa tierna y dulcemente en los labios. Barceló recibe el beso sin cerrar sus ojos, y muestra confusión y alegría al mismo tiempo; mientras el dulce sonido de un beso finalizado obliga a Kevin a abrir sus ojos. Después de tantas lunas, al parecer la vieja profecía se estaba cumpliendo y era Kevin el escogido para llevar el mensaje.

Barceló observó al paseante de sucia apariencia, pasó su nariz por la nuca, y se quedó cinco largos minutos mirándolo al rostro sin decir ni una palabra. Kevin solo se limitaba a respirar, mientras la voz de Cucusa le gritaba en su cabeza "tranquilo, lo peor que puede pasarte es que te coma el culo". Romero Barceló pasó su anciana mano por la blanca barba que cubre su afilada barbilla y continuó mirándolo cinco minutos más hasta que finalmente volvió a pronunciar palabras.

Barceló: ¿Sabes qué? Me recuerdas al hijo feo de un viejo amigo llamado Fortuño, uno que parecía un Thundercat. Ven, tenemos que hablar.

El vetusto estadista y el pupilo hablaron durante largas horas, comieron avena, pues ya Don Carlos no puede masticar prácticamente nada; luego este lavó con una esponja la delicada y sucia espalda de Kevin, mientras le cantaba tiernamente "Twinkle twinkle little star", con una tierna voz que calmaría hasta a un enojado caimán. Luego de secar la blanca piel del chico con una sucia toalla que expulsaba un fuerte olor a caldo de atún, ambos caballeros se acostaron en la cama. Barceló se tumbó pegado a la espalda de Kevin, y para que este se sintiera en confianza le dijo "me acuesto detrás de ti para que puedas soportar el imbatible frío de la noche". Don Carlos durmió plácidamente, pero Kevin no pudo cerrar los ojos en toda la noche reviviendo viejos miedos.

En la mañana siguiente, don Barceló le explicó a Kevin cuál era la siguiente fase del plan. Antes de despedirlo del lugar, don Carlos le dio una mochila con galletas Export Soda, Cheese Whiz, un pequeño saco con legumbres y un six pack de Coco Rico. Luego lo besó en los labios tiernamente, y lo abrazó tan fuerte que Kevin sintió en su muslo el débil intento de erección del miembro genital del inmortal ser. También le dio un pin que decía "PR, USA", le peinó el cabello con su mano hacia el lado para que no tapara su frente y así luciera más de derecha, y le dijo con una infantil voz finita al oído: "no es casualidad que el cielo es azul… confío en ti. Llegó la hora". Además, el decrépito hombre con alma de equino le entregó una piedra que tenía escrito *lapedrita.*

Kevin: ¿Qué significa esta piedra, don Carlos?

Barceló: ¡Qué mucho tú preguntas, cabrón! Solo da la piedra al llegar.

Kevin afirmó con su cabezota, y el apacible matusalén lo despidió con una suave sonrisa amarilla.

Kevin tenía una nueva misión, ir a la última trinchera estadista en Puerto Rico: el barrio San Lorenzo en Morovis, mejor conocido como "el Estado 51". El escuálido mensajero comenzó a caminar hacia Morovis, y no sabía para dónde carajo es que va porque la realidad es que casi nadie sabe dónde bicho es Morovis. Kevin recordó las sabias palabras que Barceló le dijo: "al llegar a

Morovis, lo sabrás. Las mujeres tienen largos cabellos lacios, son sumamente blancas y no tienen nalgas".

El esquelético muchacho caminó varias horas por una verde senda y observó todo a su paso. Tuvo que apresurar el andar al escuchar a lo lejos a unos perros realengos, ya que estos no tenían miedo en atacar y comerse a las personas, pues en esos días lo más parecido al Alpo eran las entrañas de los andarines solitarios. Durante el difícil camino, Kevin sintió un gozo en su alma al ver una imagen vieja y carcomida de los mejores amigos del mundo: Aníbal Vega Borges y Pellé agarrados de las manos. "Puerto Rico era bien bonito, lo que lo jodía era su gente", pensó el chico mientras masticaba las legumbres que don Carlos le ofrendó.

En el difícil camino que se extendió por horas, Kevin se encontró varios soldados de Alanïa, quienes lo captaron en su recorrido. Los militares quieren atraparlo para violarlo, pero él huye metiéndose en la maleza, hasta llegar a un área más boscosa. Extenuado y fatigado, decide descansar y abrir la mochila para comer lo que había adentro; para su sorpresa las Export Soda estaban viejas y en cada mordisco las húmedas galletas se le trepaban a las encías. Para bajar la seca que le provocaron las galletas, atrapó un lagartijo, le quitó la cabecita y se chupo su sangre con la misma intensidad que cuando niño chupaba Icee por el sorbeto. "¿Quién carajo bebe Coco Rico?", se preguntó antes de cerrar los ojos por el cansancio y caer rendido por casi una hora. Al abrirlos, estaba rodeado por un grupo de personas extrañas en un lugar cercano.

Kevin observa que la mayoría de las personas son deformes, andan descalzos, carecen de dientes y son campesinos que residen en bohíos, y a pesar de que el perímetro parece una aldea de World Vision, los lugareños no viven tan mal. Lo único extraño en el lugar fue ver a un gordito que cargan en una carretilla, que come maíz seco y al que llaman "El Tigre". También notó que las hembras de la aldea eran bien velludas, jorobadas, decoraban sus piel con verrugas y su tono de voz era ronco. La extraña comunidad tiene un líder con un horrendo rostro, una papada digna de un pavo y una voz aniñada. El nombre del cabecilla es Aníbal, y este se le acerca a Kevin, lo huele por detrás de las orejas, cierra los ojos y decide hablar con el famélico mensajero.

Aníbal: ¿Cómo te llamas, galán?

Kevin: No te importa.

Aníbal: Baia, baia… con que eres agresivo.

Aníbal vuelve a acercarse a Kevin, cierra los ojos y le huele la nuca con fuerza. Kevin siente un poco de temor e intenta apretar infructuosamente su masticado culo.

Aníbal: ¿Qué buscas por mi aldea, adonis?

Kevin: Yo solo quiero llegar a Morovis. ¿Es aquí?

Aníbal ríe fuertemente, mientras se lima las uñas y camina con la cadera fuera de sitio. Las mujeres de la aldea se unen al coro de risas a la misma vez que se quitan las pulgas unas a otras, y se las echan a la boca.

Aníbal: ¿Preguntas si esto es Morovis? Eres un estúpido. Por Dios, mira a nuestras mujeres. Esto es Vega Alta.

Las horrendas mujeres siguen riendo mientras se rascan sus jorobas.

Aníbal: Entonces, con que quieres ir a Morovis…

Luego de varios segundos en silencio, Aníbal observa fijamente a Kevin de arriba a abajo, da un pequeño gemido… y grita.

Aníbal: ¡Está aquí, soldados! ¡Atrápenlo!

Kevin: ¡No seas cabrón!

El afeminado cacique continúa gritando, mientras comienza a hacer los ruidos de un delfín vivaracho para atraer a los sátiros militares. Finalmente, Kevin es entregado a las autoridades. Esta vez "los alanianitos" no venían solos, con ellos estaba la comandante.

La dictadora Alanïa se baja de un Jeep con pedales de bicicleta junto a su gansa Carmín, y con sus imponentes 4 pies y 9 pulgadas hace que todos tiemblen. Mira fijamente a Kevin, pide que la cojan al hombro y le huele el cuello al enclenque caballero… "me huele a miedo", dijo con su temible rostro de periquito malvado.

Alanïa: ¿Hacia dónde vas, inútil?

Kevin permanece en silencio. Su ano de Bubbaloo masticado hace otro esfuerzo por cerrarse para no cagarse del temor que le provocaba la chiquidictadora.

Aníbal: Patrona, el forastero dijo que va pa' Morovis. Lo olí… y apesta a estadista.

Kevin: Cabrón, tú eres bien bochinchera.

Aníbal: Imbécil, yo solo le digo la verdad a la patrona. Uno tiene que respetar y serle leal a nuestro amo.

Kevin: Fucking lambón.

Aníbal: Que se joda. ¿A quién van a matar? ¿A ti o a mí, pendejo?

Aníbal vuelve a reír, las horrendas mujeres también ríen y se forma una macabra pavera ante el inminente empalamiento que le viene a Kevin. Alanïa le ofrenda a Aníbal un padrino de refresco lleno de cerveza nacional como pago por su lealtad, y este lo echa en un pintoresco vasito rojo para degustar el elixir.

Alanïa: ¿Así que ibas para Morovis, moco feo?

Kevin: Eso no es problema tuyo, pendeja.

Alanïa da una macabra y leve sonrisa, llama a sus soldados para que la levanten un poco del piso, y como si estuviese trepada en un stool, coge swing con la pierna en el aire y le pega una patá en las bolas a Kevin, quien cae como guanábana en el piso.

Retorciéndose de dolor, sus lágrimas comienzan a rodar por sus sucias mejillas y la mucosidad líquida baja como chorrera de la nariz a sus secos labios. La gansa Carmín sonríe y desliza su cuello como una anaconda por el cuerpo de un adolorido Kevin.

Alanïa: No te pongas bruto, huelebicho. ¡Soldados! ¡Córtenle el pipí a este pendejo y dénselo a Mikephillipe!

Cuando el triste destino de Kevin ya era inminente, un milagro ocurrió. El Jeep con pedales de bicicleta comienza a recibir el impacto de piedras, mangós y pampers cagaos. Se forma un revolú y un corre y corre, los soldados cubren la imponente y diminuta anatomía de la dictadora, que solo recibió un disparo de mangó en su pequeño hombro izquierdo, suficiente como para sacarle el brazo fuera de sitio. Aníbal cogió un cantazo con un pamper cagao en el mismo centro de la espalda que lo deja aturdido, y las mujeres reciben sólidas pedrás en sus prominentes jorobas. Milagrosamente, la gansa Carmín resultó ilesa. En el tiroteo, Kevin es salpicado con la mierda del pamper que hirió a Aníbal, pero logra ponerse de pie y se va huyendo despavorido.

"Eh, cuajón, por aquí", le dice una voz ronca y pertubadora. Era Abel "El tamarindo" Nazario con su misterioso clan. En esta tribu nómada llamada "los nenes" los miembros andan semidesnudos, solo visten calzoncillos Grana blancos, calzan chancletas y usan palos de escoba como lanzas. Ellos habían salvado a Kevin de las garras de la tirana Alanïa.

Abel: ¿Tú eres el novio de don Barceló, verdad?

Kevin: ¿Qué? No, yo soy...

Abel pone la cara seria, su bigote se alza mostrando su holgado labio leporino, y lo mira con unos vitrificados ojos color amarillo. Kevin tiene la misma sensación de miedo que cuando un bravo doberman te muestra sus colmillos, pero actúa rápido para no levantar la ira del leporino caballero.

Kevin: Sí, yo soy ese. Barceló es mi marido. Necesito llegar a Morovis.

Abel, quien tiene el súper poder de que el bigote siempre le huele a rica carne guisá, le dice con un aire lascivo "erecto todo el tiempo", no sin antes mirarle el pene a Kevin y hacer con sus extraños labios un sonido de deseo. Luego de desnudarlo con la mirada, le da la piedra que dice *lapedrita*. bel: Se te cayó en el camino, culito flaco. Te venimos siguiendo hace horas porque pensamos que no lograrías llegar tan lejos, y te íbamos a violar, y después nos comeríamos tu cuerpo, a la misma vez que bailaríamos y beberíamos tu sangre frente a una fogata.

Kevin está soso y una vez más trinca su herido fundillo.

Abel: Amigo, si no cumples la misión, recuerda que puedes regresar y unirte a nosotros. En las noches bebemos maví y sidra, hacemos divertidos juegos y el primero que se emborrache lo violamos amistosamente. Estás invitado.

Kevin: Ok, yo te aviso cualquier cosita.

Kevin comienza a correr como guinea, luego camina aturdido por horas hasta que ya, al punto del desmayo, llega a un verde lugar. En la entrada de la campesina aldea, dos hombres encaramados en dos árboles observan a Kevin, notan que no es un soldado por su demacrada anatomía y le permiten la entrada. El mensajero camina un poco más hasta llegar a un apacible lugar donde las gallinas caminan altaneras sin temor a guaraguaos. En ese hermoso paraje la escasa gente que hay pasea las cabras como mascotas (con todo y leash), los changos están mansos y tranquilamente comen Cornuts sin dañar sus piquitos. "Creo que aquí es", dice el intrépido y frágil joven.

Al observar el lugar, Kevin quedó fascinado, pues era como una aldea de cantarines pitufos jinchos. Hay un mesón llamado

"Maelo's Chicken Fever" donde los parroquianos hacen una fila ordenada para consumir la sabrosa carne blanca, la gente se ve feliz jugando briscas y bebiendo la clandestina cerveza americana en "La Buchaca"; también lavan sus mulas en "El CarWashazo" y otros bailan reguetón de Tito El Bambino libremente en "El negocio de Félix El Potro". Los pocos hombres del lugar llegaron de Ciales, así que no sirven para un carajo y son las mujeres las que mandan y van.

Este era el mítico lugar soñado por los estadistas. Kevin observa una dulce anciana que estaba embelesada mirando a un excitado caballo intentando treparse a una yegua, así que decide interrumpir la apasionada escena para hacerle una pregunta. Los cabellos de la anciana mujer olían a pan sobao acabado de hornear y respiraba una paz que se acabó, esa paz que tienen los que en el medio de la guerra saben que la victoria se acerca.

Kevin: Permiso, señora, ¿me podría ayudar?

Anciana: Saludos cordiales, simpático forastero. Mi nombre es doña Omar, y me gustan mucho los caballos. Ahora mismo estoy apreciando la creación de un nuevo equino.

"Disculpe, llevo días tratando de terminar una misión y estoy muy cansado", explicó Kevin. La velluda doña Omar sacó de su canasta varios potes de néctares de melocotón, pera y tamarindo, pero aunque tiene mucha sed, Kevin no acepta.

Kevin: Señora, yo llevo días caminando, me

han intentado violar, por poco me matan y yo solo quiero traer un mensaje.

Anciana: ¿Pero no quieres de mi sabroso néctar?

Kevin: ¿No tiene agua?

Anciana: Te la daré si bebes de mi néctar. Kevin exhaló, mojó sus labios con la poca saliva que había en su lengua, y le dio la piedra que cargó durante todo el camino a doña Omar.

Doña Omar dio una breve sonrisa que apenas Kevin pudo notar pues la anciana tenía una profunda barba, y esta le dijo "ven conmigo, guaynabito". El nuevo dúo de amigos se montó en una carreta, y andaron por un buen rato en un asfaltado camino que parecía una alfombra, y en el trayecto se observaron hermosas especies como caballos blancos y rubios que parecían unicornios, búhos que volaban de día y jirafas que corrían libremente por el campo. Luego de andar dos horas y media por el mágico camino, finalmente llegaron hasta el hoyo más lejano del mundo, el llamado barrio San Lorenzo en Morovis. En el lugar los varones se podían contar con los dedos y las mujeres no se depilaban.

Un sabio anciano con pelo malo y vestido con una capucha petite azul marino salió de la oscuridad. Su nombre es Don Plaud. El repugnante y encorvado hombre miró al horrendo mensajero, y con una voz quebrada y tos de flema le expresó unas palabras contundentes a doña Omar.

Don Plaud: ¿Quién carajo es este pendejo? ¡Tú sabes que aquí no queremos a nadie de afuera, doña Omar. ¿Qué haces aquí, gallino de mierda? Si clavaste a tu prima y quieres venir a formar una familia a este lugar, te recuerdo que no estás en Corozal.

Doña Omar: Tranquilo, Plaud. A pesar de su feo aspecto, el joven no es de Corozal ni vino a buscar problemas. ¿Quieres un poco de mi néctar para que te calmes?

Don Plaud declinó el néctar de doña Omar, pero se dispuso a escuchar al violado mensajero.

Kevin: Vine a traer esto. El señor Barceló dice que "llegó el momento".

El enclenque Kevin abrió su mano y el diminuto anciano con capucha petite azul marino mira fijamente al mensajero, borra lo que está escrito en la piedra y lo vuelve a escribir.

Don Plaud: ¿Ves? Así es que está bien. Estos cabrones de Bayamón siempre escriben todo mal.

El caballero con sonrisa de cocodrilo le da el objeto a Kevin, y este observa que algo ha cambiado: ahora dice *La Pedrita.* Kevin sigue sin entender qué significa.

Luego Don Plaud se saca un canto de habichuela que tenía entre sus amarillos dientes, se mira la uña con la cáscara de habichuela que ahora está en el dedo como si fuera una falda, y expresa con seguridad: "sí... es el momento. ¡Que comience el Grito de Morovis!" El majadero sonido de una puerta rechinando capta la atención de Kevin, los punzantes pasos de un caminar le dan tensión al momento, y cuando el corazón del vomitivo mensajero va a cien millas por hora, aparece una amazona con un uniforme hecho de saco de papas y unos tenis Reebok blancos percudíos.

Kevin no puede creer lo que ven sus ojos. "Hola, soy Klau, la última del clan Rosselló, pero ellos me llaman "La Pedrita". Yo soy la líder... ha llegado **el amanecer de la Revolución Estadista**".

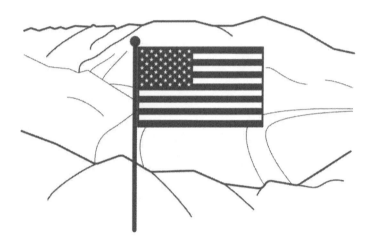

THE RISE OF ALANÏA

ALEXIS ZÁRRAGA VÉLEZ

Luego del desastroso huracán María en septiembre del 2017, Puerto Rico no volvió a ser el mismo islote. Había mucho sufrimiento, desolación, las galletas Cameo dejaron de llegar a los supermercados, poco a poco las personas se fueron marchando hacia Texas y Kissimmee (incluyendo trovadores, talladores de santos, el staff del periódico "Claridad" y miembros del grupo Fiel a la Vega, excepto Tito, quien a mucha honra se quedó con el guiso de cantar en barras de mala muerte cobrando con carne de iguana), el servicio eléctrico se caía con solo un peo de Sandra Zaiter y hasta los Burger King de la isla cerraron cuando mataron a todos los caballos realengos que quedaban para preparar su sabrosa y misteriosa carne.

Incluso, era más común ver changos picando personas para sobrevivir -como fucking zombis con alas- que abejas buscando polen. Cuando ocurrió el fenómeno atmosférico, el Partido Nuevo Progresista estaba en el poder. Los boricuas estaban sumamente encabrona'os con el gobierno estadista, y expresaban su enojo a través del Internet con la poquita señal que tenían.

Las mentiras y promesas del gobierno de Ricardo Rosselló ya nadie las creía, excepto un anciano llamado Dávila Colón que no dejaba de hacer propaganda a favor de su partido; incluso en momentos en que la gente hacía filas para buscar gasolina, y en un acto de demencia senil, gritaba con un altavoz que "al menos estábamos mejor que en el resto de las repúbliquetas de Latinoamérica".

Sin duda alguna, el país estaba pasando por un "periodo especial" que el gobierno decidió llamar "Cuando FEMA nos dé los fondos". El pueblo ya no toleraba tener que hacer una fila más para poder suplir sus necesidades básicas. "¡Siempre viví del mantengo, ahora ni Kotex pa' la chocha tengo!", gritaba una mujer de tez morena en Río Piedras que se hacía llamar poetisa, a la misma vez que le metía con un cucharón a una cacerola. Los puertorriqueños estaban sumamente hartos, excepto los del sur de la isla que ya estaban acostumbrados a vivir de forma precaria desde mucho antes que pasara el ciclón.

La alcaldesa de San Juan, Yulín, poco a poco se fue ganando la confianza de la gente… la misma gente que hizo famosa a Jovani Vázquez y Anuel AA. Con sus frases populistas, sus sombreros similares a los de Victoria Sanabria y esa sonrisa que asesina erecciones, la comandanta se perfilaba como la próxima gobernadora de la isla. "Este es el momento de Yulín", decía mirándose al espejo a la vez que hablaba en tercera persona como los típicos pendejos ególatras. Llegando a las próximas elecciones, Yulín decide aspirar a la gobernación corriendo contra Ricardo Rosselló, quien volvió al poder luego de haber renunciado en el verano del 2019.

La señora de sonrisa rubia fue derrotada en las urnas porque en el Partido Popular Democrático estaba hecho trizas, nadie fue a votar y "el exniño genio" (y ahora único funcionario de colegio electoral) Balbino se quedó solo contando los votos, mientras sollozaba y decía "al ELA le queda vida".

La izquierda que apoyaba a Yulín solo representaba un 3% de los votantes, o sea, que no hizo mucha diferencia y la comandanta se quedó corta. Malcriá, arrogante y casi botando fuego por la pájara, Yulín no pudo bregar con la derrota electoral. Llorando lágrimas de rímel frente al espejo, y con más ganas de perseverar que de rendirse en su encomienda, se prometió tomar el país a la fuerza y usando las armas.

"Pa'l carajo la humildad", repitió mientras su fiel siervo de encías pronunciadas, Pedrín, la abrazaba por la espalda en señal de que podía confiar siempre en él, pues su pene no se paraba cuando sentía las flacas nalgas de esta bravía fémina.

Yulín: Pedrín, llegó el momento de la suprema definición: o Yulinistas o yankis.

Pedrín: Patrona, yo creo que eso de

"yulinistas" puede sonar, no sé, como que muy arrogante. ¿Por qué no busca otro nombre más inclusivo que agrupe a todes, y por todes me refiero a lesbianas, gays, bisexuales, transgénero, no binarios, impedidos, veganos, personas bulleadas en la escuela superior, enanos, góticos y cualquier persona que se quiera definir como un unicornio?

Yulín: ¡Cállate, huelebicho! Yo no te pago seis mil pesos mensuales para que pienses, te los pago para que me cargues los motetes.

Pedrín pidió perdón a su ama ante su imprudencia, mientras mostraba sus pronunciadas encías en señal de sumisión, y encorvado se dispuso a seguir instrucciones. Con su impecable indumentaria varonil, sus calzoncillos

90

deportivos y sus botas "todo terreno", Yulín comenzó a formar su ejército. La guerrilla estaba compuesta por diferentes grupos, entre ellos la UTIER, la empleomanía de Radio Isla, Silverio Pérez, y Luis Pabón Roca. Balbino no fue ingresado a las filas porque no confiaban en él, y porque no soportaban como arrastraba tanto la R al hablar. "Los penepés me van a lamber la meona. Les guste o no, los voy a gobernar", dijo Yulín con una maliciosa sonrisa.

La comandanta estaba segurísima de que tenía toda la maquinaria para comenzar poco a poco el ataque. Su plan sería sencillo y nada original, pero lucía eficaz: la guerrilla se instalaría en los pueblos de la Cordillera Central, y poco a poco irían tomando los pueblos de la costa, ya que estos no eran tan importantes, pues el mar se los estaba comiendo. La fogosa guerrillera necesitaba una cara conocida y querida para ir ganándose los corazones, ya que al haber perdido en las urnas sabía que tenía que usar la propaganda para ganar adeptos.

¿Pero quién sería esa persona que ablandaría los corazones de todos los boricuas? Luego de descartar a Lou Briel y Lucecita Benítez por ser unas señoras de avanzada edad, Yulín cerró los ojos, mostró sus deformes dientes al sol en lo que parecía una sonrisa (aunque algunos creen que era una mueca) y exhaló. Rápidamente, pensó en Mr Cash, pues este es el favorito de los cafres, pero recordó que él tuvo un accidente vehicular en el que impactó un camión de leche y falleció debajo de este, mientras se grababa para un Facebook Live.

La comandanta pasó días cavilando sobre quién sería la persona indicada, y un día sentada en el inodoro, mientras observaba a un hambriento lagartijo chupando una toalla sanitaria usada que estaba tirada en el pequeño zafacón del baño, las respuestas comenzaron a llegar.

Yulín: Tiene que ser una mujer de izquierda, con firmes convicciones y un profundo sentido de entereza.

La comandanta no sabía ni qué carajo dijo con esas palabras, pero una de sus virtudes era que decía frases que parecían profundas, pero que realmente no significaban un carajo. Con su ceño fruncido, continuó observando desde el inodoro al lagartijo (que chupaba el Kotex con más fuerzas) y las ideas seguían llegando a su ya canosa cabeza.

Yulín: Piensa, piensa. ¿Quién podría ser la perfecta? ¿Alguna chica de izquierda famosa y linda? Hmmmm… hmmmmm. Bueno, usualmente las muchachas que militan en la izquierda son feas y bastante velludas.

La comandanta continuó pensando…

"Tiene que ser mujer, carismática y bien parecida", decía Carmen mientras introducía su dedo índice de la mano izquierda para sacarse de las muelas los residuos de la carne frita con mofongo que había cenado.

Yulín: Alexandra Fuentes… no, ya esa tuvo su oportunidad para gobernar y perdió… Alexandra… Alexandra Lúgaro… na', deja eso. Con lo mucho que le gusta el protagonismo, es capaz de traicionarme. Piensa, Yulín, piensa…

La comandanta observó que el hambriento lagartijo que chupaba el Kotex brincó a una hoja de papel de inodoro llena de mierda y comenzó a masticarla, y rápidamente la mente de Yulín se aclaró: "¡la tengo, puñeta! ¡Es Alanïa!". Por alguna razón, en ese instante pensó en una dulce niña que se hizo famosa en los medios, y hasta recordó que la mamá de la chica pasó de ser una hermosa y exitosa actriz a convertirse en una periquita mórbida que llora a la mínima provocación.

Así fue como la comandanta se propuso reclutar a Alanïa a sus filas, y aunque nadie sabe cómo finalmente lo logró, dicen las malas lenguas que la mamá de la niña aceptó con la promesa de tener comida gratuita vitalicia en un sabroso lugar llamado Confianza China. Alanïa, nacida entre las cámaras y con un ángel especial que le daban sus eternos dientitos de leche, fue entrenada para hacerle a los puertorriqueños los más ambiciosos *inceptions* mediante el análisis político. El plan de Yulín era ir sembrando ideas a los boricuas de que el cambio que necesitaba no era mediante elecciones democráticas, sino que Puerto Rico necesitaba un "noble dictador".

Alanïa poco a poco se fue identificando con las aves como sus 'spirit animals', ya que su mamá parecía un lovebird y su madrina era la pitirra; es por eso que hace un programa de radio llamado "La hora del picotazo", donde era implacable en sus análisis y una 'mostra' virando tortillas, superando a Jay Fonseca, a quien no temía atacar y que vilmente apodaba "Teto".

El éxito del programa fue tal que le dio una pela al licenciado cada trimestre en los ratings y lo mandó a la fila del desempleo por primera vez desde 2010. Incluso, en su programa hacía "el baile de la orca" para burlarse del licenciado del Barrio Jagual. Mientras Alanïa llevaba el mensaje, Yulín orquestaba el ataque.

Alanïa: Madrina, ¿cómo vamos?

Yulín: Todo va corriendo excelentemente bien.

Ambas féminas comenzaron a soltar carcajadas malévolas, como si hubiesen escuchado el mejor de los chistes, pero esta vez se reían de la comía de culo que iban a darle a los boricuas una vez se concretara el plan. Entre ellas nació una sólida relación de madre e hija, y la comandanta estaba sumamente feliz de que todo estuviese corriendo según lo acordado.

Antes de ir a la fase B del plan, Yulín le obsequió a Alanïa una alpaca, pues la pequeña y malvada joven cumplía años, y el mamífero fue bautizado como "Fonsi". Con las botas "todo terreno" y la ropa de fatiga que no se quitaba ni para ir a una boda, la comandanta se despidió de la chica y se montó en un Jeep. La alpaca se fue corriendo con una sonrisa detrás de la Jeep, pues este tipo de animal es impredecible y bastante retarda'o.

Con el plan ya en marcha, Yulín mudó sus tropas a Orocovis y Ciales, y allí formó los campamentos. También intentó tomar a

Morovis, pero al ver que la topografía no le servía para un carajo, decidió matar a todos los hombres del lugar. Sin clemencia alguna, Yulín le dio instrucciones a su lugarteniente Verónico para que le jugara con la mente a los varones moroveños antes de fusilarlos. A falta de buen sexo, esta cruel ser humana no solo tenía ansias de protagonismo, sino que también tenía sed de sangre.

Yulín: ¡Verónico! Tú sabes lo que tienes que hacer.

Verónico se mostró confuso y asustado, como cuando te dicen "sé lo tuyo". Yulín le mostró sus dientes con rastros de garbanzos, mientras con su mano izquierda hacía un círculo con el dedo índice y pulgar, y con el dedo índice de su mano derecha lo metía en el círculo.

Yulín: Eso es lo que tienes que hacer, inútil.

Con una imponente anatomía albina que no alcanzaba los cinco pies y la seis pulgadas, y con una violenta voz afeminada, la táctica de Verónico consistía en hacerlos tomar una decisión.

Verónico: Caballeros, la comandanta les extiende una propuesta: solo deben ponerse en posición de gata, y mantener una sonrisa, mientras los soldados se masturban y eyaculan encima de sus nalgas... o pueden morir de pie abatidos por las balas.

Tan pronto Verónico terminó de hablar, uno de los moroveños llamado Brayan comenzó a desnudarse sin darle reflexión a la propuesta, y colocó su cuerpo en posición de gata.

Verónico: ¡Eh, cabrón! Yo aún no he dado la orden de que se desnuden. ¿No van a analizar bien la oferta que les dio la comandanta? Morir de pie no es tan malo, ¿saben?

Brayan: No, pero ya noJotros tomamos una decisión, señor albino.

Verónico: Espérate, ¿pero así de fácil?

Brayan: Es que en este pueblo nos gusta sonreír en la adversidad. Ya estamos acostumbrados.

Los dóciles varones moroveños escogieron la primera opción, pero el mezquino Verónico decidió que no estaban para perder tiempo, así que dio la orden de abrir fuego y los asesinaron con los pantalones abajo a la misma vez que los inocentes moroveños gritaban "balas no; leche, por favor!"

Las tropas de Yulín dejaron el lugar "desolado" con sus hembras murmurando "total, pa' que lo servían esos pendejos". "Hay que ver si los de Ciales nos siguen clavando ahora que la comandanta está allí metía", comentó la moroveña Yobeska, a quien apodaban "Panticito" y que era la gerente del único lugar que valía la pena en ese pueblo: un viejo Walgreens que era la envidia de la gente de Ciales. En la matanza solo sobrevivió La Roxy, un famoso travesti del área que pasó desapercibido haciéndoles creer que era mujer y logró escapar corriendo como guinea para esconderse.

Mientras las tropas de Yulín iban tomando los pueblos de la montaña para reclutar gente y luego esparcirse por toda la isla, semanalmente tenía reuniones con Alanïa para continuar el plan estratégico que debían ejecutar. El gobierno sabía que un ataque armado se estaba organizando, pero al igual que se tardaron años en ponerle luz eléctrica a los pueblos del campo después del huracán María, también estaban pichando esa situación en la cordillera, pues saben que a la gente del campo lo único que les preocupa es chingar, hacer baby showers en las escuelas y tomar café con queso en el fondo de la taza. Yulín comenzaba a sentir el agotamiento de estar metía en pueblos olvidados por Dios, lavando las toallas sanitarias a mano en el río y tendiéndolas porque estaban escasas. También sufría el ataque de los violentos mosquitos de la montaña con sus salvajes picaduras, y que la perseguían sin misericordia porque siempre le apestaba el culo. La líder no estaba preparada para que el plan durara más de tres semanas, y en la desesperación del fracaso diario de la misión, llegó un momento en que no sabía qué puñeta estaba haciendo.

La líder era tan inepta que los tuvo caminando en círculos sin saber a dónde se dirigían ni qué carajo iban a hacer; ella solo buscaba el poder, pero no sabía cómo conseguirlo. Tampoco habían podido reclutar a muchos jíbaros, pues ellos después que tengan una consola de videojuegos no quieren estar pendientes al mundo exterior.

Ya no existía la atención de las cámaras que la camarada tuvo en un pasado, y la realidad es que nadie en el país le estaba haciendo caso… algo que para el ego de Yulín sería un trampolín a la locura. Mientras esto le ocurría a la comandanta, la popularidad de Alanïa continuaba subiendo como la espuma.

Un seco día en la montaña, la tropa de Verónico atrapó a un hombre que seguía a la guerrilla yulinense por el monte.

Verónico: ¡Detente, asqueroso!

Hombre asqueroso: ¡Tranquilos! ¡No me hagan daño!

Verónico: ¿Quién carajo tú eres?

Hombre asqueroso: Mi nombre es Mikephillipe. Vengo para unirme a las filas de la comandanta. Soy de Santurce y no saben lo mal que la he pasado luego de pasar las fronteras de los peajes.

Verónico: ¿Mikephillipe? ¿Quién carajo le ponen ese nombre tan pendejo?

Los soldados comenzaron a reírse del pobre hombre, que se espulgaba la barba y se comía los piojos que encontraba en ella.

Verónico: ¿Estás solo, Mikephillipe?

Hombre asqueroso: Sí... venía con mi amigo Roy... pero él solo pudo aguantar hasta Levittown, nos bañamos con el agua de la playa, su piel no aguantó y falleció.

Mikephillipe le da un remo a Verónico, y este le recordó que Roy fue el chico que Yulín salvó de las turbulentas aguas, mientras este naufragaba en un kayak en las inundaciones de Ocean Park después del huracán María. "Dale este remo a la comandanta, ella entenderá", dijo un mugriento y descuidado Mike antes de desmayarse por el cansancio. Rápidamente, el lugarteniente Verónico va a entregarle el remo a Yulín.

Yulín: ¿Qué carajo quieres, Verónico? Se supone que estés matando campesinos.

Verónico: Comandanta, tengo que darle algo. Un desagradable hombre le trajo esto.

El soldado le entrega el remo a la comandanta, quien sonríe al agarrar la pala; de repente la sudada mujer pega a llorar en un acto totalmente bipolar, y pregunta quién le llevó el remo. El leal Verónico trae a un desmayado Mikephillipe, y la comandanta lo mira fijamente.

Yulín: ¿Quién es esta horrible criatura?

Verónico: No lo sabemos. ¿A quién puñeta

se le ocurre traer un remo de Santurce hasta el campo? ¿Lo matamos, comandanta?

Yulín: No lo mates, no todos los días uno presencia a una criatura tan fea. Mejor métanlo en una jaula y ya veremos qué hacer con él.

Nadie en la guerrilla entendía qué carajo estaba pasando, pero tomaron al nauseabundo hombre y lo echaron en una pequeña jaula hecha con madera y alambres, con solo un minúsculo roto para tirarle comida. Pasadas las horas, el hombre gritaba que por favor lo alimentaran, y tanta era su hambre que hasta gritó que se comería un bicho.

Los de la UTIER, que por imposición de la líder debían tener puestos los cascos amarillos las veinticuatro horas del día y los siete días de la semana, comenzaron a dudar del liderazgo de Yulín. La tensión era tanta que el capataz Jaramillo ya estaba estudiando si traicionaba a la comandanta. La senilidad de Silverio Pérez, que fungía como guía espiritual de la comandanta, era tan marcada que a cada rato lo tenían que sacar casi ahogado del río porque, según él, estaba tratando de encontrar a Jacobo Morales, un viejo amigo al que le encantaba el agua de manantial.

El capitán Pabón Roca, otro fiel miembro del comando, siempre estaba inundado de ron peleando solo, al punto que en una ocasión le tiró dos puños a un palo de guaba; razón por la cual se partió sus débiles y borrachas muñecas. Todo indicaba que la misión se estaba yendo a la puñeta y que los líderes de la guerrilla no estaban en control de la situación. A falta de liderato, el resto de los muchachos de la UTIER se pasaban cogiendo coffee breaks cada quince minutos y no ejecutaban las misiones, porque según ellos las tareas que le asignaban no habían sido discutidas con todos los miembros de la unión y no iban a estar haciendo trabajos que no le tocaban.

Una desequilibrada Yulín no quería aceptar que estaba teniendo problemas en la ejecución del plan, y comenzó a pensar en conspiraciones de estadistas jurando que la querían asesinar. En ocasiones le gritaba llorando a sus tropas "¡no me dejen sola!", mientras Pedrín la calmaba con tiernos abrazos por detrás. Estando la comandanta en su caseta, tomó un espejo compacto y comenzó a hablarle como si fuera la cámara de un celular.

Yulín: ¿Quién carajo anda ahí?

Pedrín: Patrona, es solo su reflejo en el espejo.

Lentamente Pedrín le quitó el espejo compacto, le pasó un Chubs por la cara para limpiarla un poco, y le susurró al oído las dulces canciones de Choco Orta para calmarla.

Poco a poco, la salud mental y física de Yulín fue decayendo, así que tomó la difícil decisión de llamar a Alanïa para decirle que creía que no iba a poder cumplir su sueño de gobernar al país. La comandanta comenzó a sufrir de una grave infección de orina, y no quiso tratarse porque pensaba que los estadistas la querian envenenar con medicamentos para curar la enfermedad. Con mucha fiebre, vómitos, churras, y botando pus por to's la'os, Yulín llamó a la querendona Alanïa a su morada. La pequeña chica miraba fijamente a su mentora, quien a todas luces se iba a morir pa'l carajo.

Yulín: Querida Alanïa… no me queda mucho tiempo. Amada ahijada, busca a Natal y dile que siga el plan.

Pero Alanïa estaba clara que eso no iba pasar, y sabiendo que Natal no servía ni para hervir agua, miró con frío desdén a su preceptora y le susurró al oído a Yulín unas suaves palabras.

Alanïa: Vete al carajo, Yulín. Aquí mando yo ahora. By the way, ¿recuerdas aquel Lemisol que te di para que te lavaras la pájara? Estaba envenenado.

Yulín abrió sus ojos como Milly Cangiano viendo un *wet t-shirt contest*, y la emoción la traicionó al hablar.

Alanïa: Ahora la comandanta... soy yo.

La nueva jefa dio una macabra sonrisa que haría temblar al mismísimo Satanás, y mientras disfrutaba al ver cómo poco a poco el alma escapaba del cuerpo de su mentora, Yulín daba sus últimos respiros tratando de decir "CABRONA".

Al morir Yulín, un desleal Pedrín juró lealtad a Alanïa y la abrazó por detrás en señal de apoyo. Antes de esperar por los otros líderes para ser decretada como la nueva comandanta, su primera orden fue que llamaran a Jaramillo, los muchachos de la UTIER y a Pabón Roca, quienes desconocían que Yulín había fallecido. Con la excusa de que tenían que reunirse urgentemente para darle forma a un nuevo plan, estos llegaron a la terraza de "Don Carlos" en Ciales donde se encontrarían con Alanïa y el resto de las tropas. Con un temple de acero y modelando un bastón rosita, la comandanta llegó montada en su alpaca ante la mirada atónita de los muchachos de la UTIER que también esperaban a Yulín.

Alanïa: Saludos, caballeros. No me gustan las reuniones largas, así que no les voy a tomar mucho tiempo porque tengo que seguir trabajando.

Jaramillo: ¿Y Yulín? ¿Cuál es el estatus del nuevo plan? *(Se da un buche de ron)*

Alanïa: El plan ya está corriendo.

Pabón Roca: ¿Pero cómo carajo está corriendo si no nos han explicado el jodio plan ese? (*Se da un buche de ron*)

Alanïa: Sí, el plan ya está en marcha. De hecho, esta reunión es parte del plan.

Jaramillo: ¿Y Yulín? (*Se da un buche de ron*)

Alanïa: Ahora se van a encontrar con ella. ¡Muchachos!

Las tropas arrestaron sin resistencia a unos totalmente borrachos Jaramillo y a Pabón Roca, y los amarraron a la verja de cara a la barra. La novel comandanta cabalgando su alpaca levantó el bastón pasándolo por las barbillas de los de la UTIER, y les hizo una oferta.

Alanïa: ¿Se unen a mí o se mueren?

A los lejos un vetusto Silverio se arma de valor, va acercándose dando pequeños pasos y le increpa a la malvada mujer.

Silverio: No te tenemos miedo, Alanïa.

Alanïa mira fijamente a Silverio, y hace una mueca dejando saber que le supo a mierda la osadía del anciano. Observa a Pedrín, quien estaba al lado de Silverio, y este se ríe mostrando todas sus encías porque sabe que al anciano no le irá bien. La comandanta montada en su alpaca apunta su arma a Silverio y dispara… pero la pequeña maléfica falló el tiro, que impactó a Pedrín matándolo en el acto. Al escuchar el sonido de la carabina, el anciano Silverio infartó del susto y murió al instante.

Alanïa: ¿Alguien más quieres joder conmigo? ¿Quién más se quiere aventurar?

Los de la UTIER decidieron serle fieles a la nueva jefa, pues solo querían irse pa'l carajo del campo; y como un acto de nobleza, la comandanta ordenó que dejaran a Jaramillo y Pabón Roca amarrados frente a la barra para que estos murieran lentamente de hambre, a la misma vez que observaban el ron que tanto amaban. Solo duraron tres horas y fallecieron, ante la mirada de Alanïa que se sacaba de las muelas un cantito de chuleta de cabra, mientras jugaba billar a la misma vez que la vellonera sonaba "Despacito".

Al caer el sol, Alanïa se montó en su alocada alpaca y se dirigió a cumplir el plan de Yulín, ahora bajo sus reglas. "Despacito sería un excelente himno", pensó en voz alta Alanïa, mientras iba de camino al norte con sus tropas.

Un nuevo liderato acaba de comenzar.

La isla menos

En las gélidas e insípidas montañas de Morovis hace mucho tiempo se había refugiado un grupo de bravíos estadistas, en su vasta mayoría mujeres, que estaban cansados de la tiranía de la dictadora Alanïa y que esperaban el momento perfecto para derrocar a la pigmea de corazón negro. Este mágico y verde lugar era idóneo para los penepés cimarrones, porque el villorio antes conocido como "la isla menos" era el último lugar al que la chiquicomandanta se le ocurriría buscar gente. La única vez que Alanïa escuchó del sitio fue porque Yulín mandó a asesinar a todos sus hombres, y en los mapas de Puerto Rico nunca aparece mencionado el pueblo. Para no llamar la atención de las tropas que se pasean hasta los límites de Barahona, los estadistas ocultos se comunican haciendo sonidos de aves.

Una aburrida tarde de septiembre, dos alanianitos cuya orden era encontrar un enclenque chico que se le había fugado a la dictadora, se acercan a la misteriosa frontera en su Jeep con pedales de bicicleta. Los vehículos usaban pedales de bicicleta porque la crisis de la gasolina había provocado cambios en la flota del gobierno, obligándolos a racionar el combustible y utilizarlo solo en ocasiones especiales. Los soldados se bajan cautelosos del Jeep con pedales de bicicleta y fruncen el ceño haciendo aguaje de que observan la zona. El soldado con espejuelos le pregunta a su compañero si vio algo y este dice que sí, aunque claramente no vio un carajo, pero quiere hacerle creer a su compañero que él tiene mejor vista.

Los centinelas escondidos en unos robustos árboles comienzan a dar la señal del inminente peligro. Floro y Tímoti, dos valientes estadistas de Pugnado que prestaban sus servicios a Morovis, vigilan los movimientos de los soldados y encaramados en los árboles comienzan a dar la señal de alerta para que los escuchen los del pueblo.

Floro: ¡Prrruprrrúuu!

Tímoti: ¡Kaká! ¡Kaká!

A ambos milicianos les estaba curioso el por qué nunca se adentraban hacia ese boscoso territorio y deciden aventurarse caminando. Sudando más de lo normal por la adrenalina que provoca lo desconocido, los soldados miran a todos lados casi sin pestañear. Floro y Tímoti siguen estáticos escondidos en las ramas de los árboles, pendientes a cada paso que dan los abusivos y depravados milicianos que poco a poco se acercan.

Floro: ¡Prrruprrrúuu!

Tímoti: ¡Kaká! ¡Kaká!

Los soldados observan el monte y apuntan sus mohosas carabinas hacia la maleza. Sin saber qué carajo hacer, inhalan y exhalan para dejar que la intuición dé la orden que indique hacia dónde deben disparar.

Floro: ¡Prrruprrrúuu!

Tímoti: ¡Kaká! ¡Kaká!

Floro: ¡Prrruprrrúuu!

Los soldados miran hacia el lado izquierdo, pues es de ahí donde se escuchó el último sonido. Lentamente apuntan sus carabinas hacia donde está escondido Floro. Con los dedos en sus gatillos, suben sus armas a la altura de sus hombros y fruncen el ceño como si fueran los francotiradores más experimentados del mundo. Una vez más, uno de los extraños sonidos que provienen del matorral los interrumpe.

Tímoti: ¡Kaká! ¡Kaká!

Los soldados cambian su mirada hacia el lado derecho donde se esconde Tímoti y se disponen a disparar. Suben el arma, ponen el dedo en el gatillo y vuelven a fruncir el ceño…

Floro: ¡Prrruprrrúuu!

Los soldados vuelven a mirar al lado izquierdo.

Tímoti: ¡Kaká! ¡Kaká!

Y una vez más miran al lado derecho. Los soldados están dudosos y piensan solo una cosa: o son las aves más sincronizadas de la isla o los están cogiendo de pendejos. El soldado sin espejuelos se quita el casco de bicicleta que protegía su cabeza porque le molestaba, ya que era bastante cabezón. El soldado cabezón se fue acercando poco a poco a la maraña y gritó.

Alanianito: ¿Quién anda ahí?

Tímoti: ¡Errrr bichoooo!

Ambos soldados se miraron asombrados y decidieron llamar a sus tropas con unos walkie talkie, pero la señal los traicionó, ya que en Morovis nunca he existido señal alguna, ni siquiera para los tiempos en que había Internet en el país.

Minutos después de intentar tener comunicación con sus compañeros, fueron a adentrarse un poco porque no iban a quedar como unos pendejos después que cayeron en el chiste más viejo del mundo. Dando tímidos pasos en sus silenciosas zapatillas kung fu, miraron la maleza a su alrededor, pero no veían a nadie. Siguieron caminando lentamente, y mientras el soldado con espejuelos miraba a la derecha, el soldado cabezón lo hacía para la izquierda. De repente, el sonido de unos pasos corriendo se siente entre el follaje. El sonido de las aves ahora retumbaría en sus oídos, pues se escuchaba como si dos pterodáctilos estuviesen gritando al lado de ellos, pero los soldados no veían nada.

Floro: ¡¡PRRRUPRRÚUU!!

Tímoti: ¡KAKÁAAAAAAAAAAAAAAAAAA!

Los asustados soldados se pegaron espalda con espalda sin bajar sus mohosas carabinas, y entre las hojas de la selva moroveña salió disparada una rauda flecha que entró por la garganta del soldado con espejuelos y salió por gaznate del soldado cabezón, cayendo ambos abatidos en el suelo nalgas con nalgas. Alguien sale entre la maleza con un arco... era Klau, mejor conocida como La Pedrita, la autora del asesinato. Con sus Reebok blancas percudías pisando la maleza, se acercó a los cadáveres, quitó la flecha que había en los cuerpos para que acabaran de desangrarse y saludó hacia los árboles donde estaban encaramados los valerosos Floro y Tímoti.

La Pedrita: ¡Floro! ¡Tímoti! ¡Buen trabajo, cabrones!

El dúo de hombres-pájaros comenzó a menear una rama de sus respectivos árboles para dejarle saber a la líder que se sentían contentos con el halago. Klau ahora tomaría el Jeep con pedales de bicicleta de los milicianos y se lo llevaría a la base en el barrio San Lorenzo, el lugar más estadista del mundo, ya que allí dejó a Plaud con el intruso para que lo entrevistara, ya que tuvo que abandonar su bienvenida luego de que le alertaran sobre la situación con los milicianos.

Al llegar La Pedrita al barrio San Lorenzo,

Plaud la esperaba para contarle la información que le había sacado al asqueroso Kevin.

Plaud: Klau, el tipo es un pendejo. Está limpio, Barceló lo usó de mensajero.

La Pedrita: Está bien, no lo mates. Nos puede ser útil para la batalla, necesitamos hombres que podamos sacrificar.

Un enojado Plaud pasó la mano por su horrendo rostro para espantar una mosca y continuó dándole los últimos detalles de la batalla que se aproximaba. El repugnante anciano de pelo malo estaba junto a Ángel, un joven de anatomía redonda, cuya abertura palpebral sesgada y nariz deprimida, servían como antesala a un cuerpo mongo, con músculos carentes de fuerza, y que solo se limitaba a decir "I can count to potato". Los miembros de la resistencia estadista, que no hablaban inglés, lo llamaban "el americanito". El mensajero Kevin observaba todo en silencio, a la misma vez que se preguntaba en qué carajo se había metido. Con unas lóbregas ojeras tatuadas en la falda de sus ojos, Plaud mira el mapa que tiene en sus manos, lo abre y lo pone junto a la mesa.

Plaud: ¿Le metiste caliente a los soldados?

La Pedrita: Eso es correcto. ¿Cuál es el próximo paso, Plaud?

Ángel: I can count to potato.

Plaud, La Pedrita y Kevin miran a Ángel que comienza a comerse un pote de pega que tenía escondido en su mameluco color azul penepé.

La Pedrita: No hagas eso, Ángel.

Ángel sigue comiéndose la pega como si fuera el más sabroso yogurt griego.

Plaud: Ángel, ¡que no te comas eso, coño!

Ángel sigue disfrutando la pega sin importarle un carajo. La Pedrita no va a insistirle más y continúa hablando del plan.

La Pedrita: Plaud, ¿qué carajo es lo próximo?

Kevin: Lo próximo es que cuando nos encuentren nos van a violar a todos, y a mí me violarán hasta matarme.

Plaud expande sus fosas nasales que

también tienen pelo malo y mira a La Pedrita, quien saca la mano y le da un bofetón a Kevin encima de la oreja que le deja el oído con un incómodo pitido por varios segundos.

La Pedrita: Aquí no van a violar ni a matar a nadie, ya se derramó demasiada sangre de nuestra parte por culpa de la cabrona de Alanïa. Ahora nos toca a nosotros responderle el golpe a la pendeja esa. ¿'Tas cagao? ¡Responde, comemierda!

Ángel: I can count to potato.

Kevin: Miren, entiendo todo esto de derrocar a la tirana, pero nos vamos a joder. Ellos tienen carabinas, mientras aquí solo hay flechas y piedras de río. Esto es la crónica de una comía de culo anunciada. Creo que fue un error venir aquí, yo solo vine a traer un mensaje, pero mi miserable vida es primero que todo.

Ángel: I can count to potato.

Plaud: ¿Sabes algo, inútil? Pensé que tenías huevos, mientras Klau no estuvo me hablaste de tu dulce abuelo, el que te enseñó que había que luchar por tu país hasta darle la estadidad que tanto nos merecemos... pero solo eres un pendejo cobarde. Seguramente hubieses sido popular.

Klau observa a Kevin, quien baja la cabeza luego del emotivo discurso de Plaud y se toca más abajo del coxis para recordar que ha sufrido demasiado los embates de las violaciones por parte de los alanianitos; avergonzado por carecer de la valentía necesaria para meterle caliente a la tirana, no despega la mirada el suelo para ver si los demás dejan de mirarlo.

La Pedrita: ¿Cara 'e culo, cómo se llamaba tu abuelo?

Kevin levanta su deforme cabeza, muestra sus ojos color estiércol todos llorosos y responde con la voz quebrada.

Kevin: Se llamaba Héctor…

La Pedrita: ¿Héctor? Como mi cantante favorito.

Kevin: Sí, Héctor… Héctor O'Neill.

Ángel: I can count to potato.

Plaud: Sí, era tremendo estadista. Él tenía

huevos… muchos huevos… sus huevos eran un orgullo para el país, pero tú no, gallina.

La Pedrita: ¡Cállate, Plaud!

Plaud se encorva tras el regaño de su líder, mientras Ángel le acaricia el rostro con sus dedos con olor a pega y saliva.

La Pedrita: Kevin, tú conoces cómo se mueven allá en la metro. Te necesito aquí para que me des la mayor información posible sobre la cabrona de Alanïa, sus soldados de mierda y de la forma en que se mueven. Acá estamos seguros por el momento, pero es inminente que lleguen hasta la frontera de Morovis y las cosas se van a poner feas. ¿Te unes o te mueres?

La Pedrita y Plaud observan a Kevin

esperando una respuesta, y esos segundos son larguísimos para el horrendo mensajero antes de dar una contestación.

La Pedrita: ¿Te unes, cabrón?

Kevin: Eh… mejor no, yo sigo mi camino tranquilo.

Plaud: Klau, mata al cabrón este ya, no perdamos tiempo.

Ángel: I can count to potato.

Plaud: No tú, Ángel. Me refiero al pendejo este de Kevin.

Mientras Klau asesinaba con la mirada a Kevin, un miembro de la resistencia estadista apodado Cebolla interrumpe la escena. El moyeto Cebolla se para de frente a La Pedrita, pero su mirada se dirige hacia Plaud, pues padecía de una triste condición llamada bizquera; además de que también era gago.

Cebolla: Ca-ca-capita-ta-tana, nos-nos inforforman que han vi-vi-vi-visto más solda-dadados cerca de la fron-te-te-tera.

La Pedrita: ¿Están seguros, Cebolla?
Cebolla: Sí, esta-ta-tamos segu-gu-guros. Pa-pa-pa-pare-re-re-recen que ya-ya se ente-te-teraron de las mu-muer-tes de los dos so-so-solda-da-dados.

La Pedrita: ¿Cómo carajo habrán sabido tan rápido la noticia? No ha pasado ni una hora de eso.

Cebolla: Yo-yo creo que-que-que hay un tra-

tra-traidor aquí. Algui-gui-guien está-ta-ta cho-cho-chote-an-an-do.

La Pedrita: Lo dudo, Cebolla. De todas formas, tendremos que adelantar el plan. Cebolla, dile a todos que vayan preparándose. Tendremos que adelantar el Grito de Morovis.

Plaud: Klau, tú me perdonas, pero en lo que Cebolla se lo cuenta a todos, nos van a matar. Mejor manda a Ángel con él para que lo hagan entre los dos.

La Pedrita acepta, y Cebolla se trepa en su caballo junto a Ángel para llevar el mensaje de que todos los estadistas moroveños deben prepararse ante la inminente batalla. Poco después de comenzar la marcha, Ángel se cayó del equino porque no se aferró a la cintura de Cebolla, sino que levantó las manos como si estuviese montado en una machina de fiesta patronal. El hombre de dedos cortos y cintura redonda volvió a trepar el caballo con ayuda de Cebolla, que lo tuvo que empujar por las nalgas porque las piernas cortas de Ángel no llegaban a la silla del caballo. Luego de una hora y cuarenta y cinco minutos intentándolo hasta lograrlo, el dúo de valientes continuó la marcha.

La Pedrita fijó su mirada en Kevin y le pidió una vez más su ayuda, mientras Plaud, a las espaldas del mensajero, le sacaba filo a una cuchilla.

Klau: Eh, mi herma, una última oportunidad: ¿o te unes o te mueres?

Kevin pasó su mano por la cara, y sudando las gotas más gordas del mundo, se sintió un poco mareado. La voz en su cabeza de Cucusa comenzaba a gritarle "¡acaba y únete, canto 'e cabrón!". Plaud asomaba el cuchillo y lo acercaba poco a poco a la espalda del mensajero. La Pedrita miraba a Plaud sin que Kevin se diera cuenta y afirmaba con la cabeza dando la señal... pero Kevin vuelve en sí y contesta.

Kevin: Me voy a unir. Lo voy a hacer por el honor de mi abuelo.

"¡Me cago en diez!" expresó Plaud, quien se quedó con las ganas de saborear la sangre del cobarde chico.

La Pedrita: Bien, vamos a trabajar. El plan es sencillo: ya llamamos la atención de los soldados, ahora vendrán hasta aquí y los mataremos en nuestra zona. ¿Cuántos podrían ser, Kevin?

Kevin: Centenas... o decenas, ya casi no quedan soldados porque dicen que la dictadora ha matado a la mitad de sus tropas en sus arranques de ira.

Plaud: Klau, ¿y si el pendejo este nos está mintiendo? Es mejor que lo matemos.

Klau: Cállate, Plaud. Si queremos vencer, tenemos que hacer esta pendejá unidos. Ven, Kevin, necesito que me cuentes más. Plaud, vete al carajo un ratito, y aprovecha y vete a bañar de una vez que apestas.

Plaud se retira encorvado lleno de celos, y a su salida le muestra a Kevin sus horribles dientes como si fuera la sonrisa del más feo de los velociraptors.

Kevin: Klau, creo que no le caigo bien a tu consejero.

Klau: Tranquilo, solo está acostumbrado a matar a todos los mensajeros que han venido antes.

Kevin abre los ojos como cabra que salta al vacío, mientras La Pedrita prende un 'fili' y pone un poco de reggaeton maleantoso de El Father para entrar en el mood de guerra.

La Pedrita: ¿Sabes qué, bo?

Kevin mira a La Pedrita sin saber qué carajo significa "bo". La Pedrita sube el volumen de la música, da una larga 'jalá' al 'fili', y con sus ojos chiquitos le dice que se le acaba de ocurrir algo.

La Pedrita: No falta mucho para que comience una guerra, y es posible que mueran muchos de nosotros… de hecho, creo que tú vas a morir.

Kevin la escucha en silencio, mientras la voz de Cucusa en su mente comienza a decirle "¡estás jodío! Jajaja". La Pedrita coloca dos de sus dedos en la boca y silba para llamar a alguien.

La Pedrita: creo que debemos hacer un último party en la aldea, antes de la tempestad. ¿Qué crees?

Kevin: Eh… ¿realmente mis posibilidades de morir son muchas?

La Pedrita: Sí, bastantes…

Kevin: Eh…

La conversación es interrumpida por Juanpi, un leal cantarín con apariencia de oso amable que le juró fidelidad a La Pedrita por un *air fryer* que no funciona, porque Morovis carece de electricidad. Este amable sujeto es el autor de "La Pedrita", la versión salsa de "La bikina", la canción que usa la revolucionaria para entrenar junto a sus escasos soldados.

Juanpi: ¿Qué se le ofrece, señorita Klau?

La Pedrita: El cuerpo me pide un perreo a poca luz, Juanpi.

El tierno Juanpi le da una suave sonrisa, afirma con su cabeza, a la misma vez que se despega su camisa medium de su cuerpo extra large.

Juanpi: No se preocupe, señorita Klau. Hoy prendemos esta pendejá.

La Pedrita inhala lo último que queda del 'fili',

y a lo lejos Plaud observa con una sospechosa sonrisa a Kevin, mientras vuelve a afilar su cuchillo con una piedra de río.

La Fortaleza

Alanïa está trepada en un *stool* de mármol y observa el mar desde una ventana en La Fortaleza; sostiene una copa de sidra en su mano derecha, mientras que en su brazo izquierdo tiene un cabestrillo producto del cantazo con el mangó que sufrió en la revuelta de Vega Alta. La pequeña cabrona reflexiona en voz baja sobre quién era el desagradable chico que escapó de aquel lugar, luego de que fuera salvado por la tribu "Los nenes".

Alanïa: ¿Quién carajo sería el enclenque que me provocó esto? El cabrón me las va a pagar.

Mientras la dictadora aprieta su pequeño y débil puño molesta por haber lucido como una pendeja en la trifulca, alguien tiene la osadía de interrumpir a la chiquidictadora. El sonido de la vieja puerta de madera le sabe a mierda a Alanïa, quien ese día no está de buen humor.

(Toc, toc, toc)

Alanïa decide ignorar a la persona imprudente que toca la puerta, y sigue bebiendo vino de cara al mar, esperando que el inoportuno se canse y se vaya para el carajo. Los cinco minutos de espera no fueron suficientes para rendir al incauto ser, que le da con más fuerzas a la puerta como si tuviera un peñón en las manos.

(TOC, TOC, TOC)

Una aborrecida Alanïa se harta del ruido, baja del stool de mármol con un poco de problemas y busca su carabina para matar al atrevido, pero no quiere soltar su copa de sidra y solo tiene un brazo que funciona, así que desiste de la idea.

Alanïa: ¡Ya, ya! ¿Quién carajo toca mi puerta?

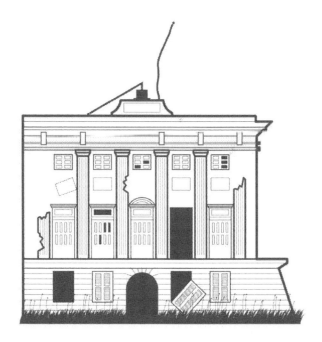

Al abrir la puerta, una conocida y maléfica sonrisa se asoma provocando que la enana volteara sus ojos hacia arriba en clara señal de hartazgo. "Soy yo, Victoria Natalia, tu persona favorita", gritó la espigada hembra que estaba detrás de la puerta. Victoria Natalia era como una prima para Alanïa, y la única que se había salvado de los arranques y bipolaridades de la dictadora. A pesar de ser mucho más alta que Alanïa, le temía a la pelea física, y su mayor aportación era ser una agitadora durante los conflictos. Sus ideas utópicas y alocadas, en combinación con su adicción al Kool Aid, la hacían una borracha monga, pero peligrosa.

Victoria Natalia: me cuentan que los subversivos te metieron caliente. Hahahaha! Todos en el Viejo San Juan dicen que hasta te salpicó mierda de pamper en la cara.

Victoria Natalia se reía en inglés de la forma más annoying posible, algo que hacía para encabronar a Alanïa. Además, a la dictadora no le había salpicado mierda, y esa mentira junto a las risas cómplices del pueblo llenaban sus venas de cólera.

Alanïa: Victoria, solo sufrí una pequeña derrota, pero se van a joder. Yo siempre tengo la última risa.

La venenosa Victoria sabía que estaba en control de la situación, pues si había algo más frágil que el cuerpo de Alanïa, era su ego. Usando sus comentarios cínicos y sintiendo el poder de matar a cuchillo de palo, la mujer con cuerpo de jabalina continuó corriendo la máquina a su enemiga íntima.

Victoria Natalia: Alanïa, ¿pero vas a matarlos o esto quedará impune haciéndote lucir como una pendeja delante del pueblo? Dicen que ya la gente no te tiene tanto miedo y hasta hacen burlas de que eres tan chiquita que cuando caes en menstruación solo necesitas una curita.

La dictadora volvía a coger más castigo mental de parte de su amiga, que estaba llenándose de una peligrosa confianza que podía costarle caro. Acostumbrada a no mostrar debilidad, Alanïa continuó tranquilamente la charla.

Alanïa: Sí, voy a matar a los culpables de joderme el brazo… no sin antes torturarlos.

Victoria Natalia: ¿Sabes quiénes son los que te jodieron el brazo? ¿O vas a disparar como una desajustada desde la ventana como siempre haces? Es posible que ese brazo no vuelva a ser el mismo. De hecho, pareces una periquita alicaída, ¡mírate!

Victoria se pone de rodillas y comienza a simular un ave herida, a la misma vez que sigue riendo en inglés. "¡Hahaha, tienes la alita toda rota y jodida!", dice la frenemiga, mientras que en la incómoda pavera se le escapan algunos gruñidos de cerdo por culpa de la risa. La dictadora está fría viendo a su amiga llorando de la risa en su cara, pero intenta retomar la conversación para no mostrarse derrotada. Sin ánimos de tregua, Victoria continúa jugando con la mente de su entrañable amiga miniatura.

Alanïa: No, aún no sé quién me hizo esto, solo sé que estaba en Vega Alta, íbamos a matar a un asqueroso y enclenque hombre, y unos aldeanos nos emboscaron con mangós, piedras y pampers llenos de mierda. Gracias a Dios, la mierda no me dio a mí.

Victoria Natalia: Escuché a mucha gente decir que eso te pasaba por pendeja.

La dictadora se da un último sorbo de vino, cierra sus ojos varios segundos sin que su amiga la vea, los vuelve a abrir y empina la barbilla deseando tener el súper poder de lanzar dardos de fuego con la mirada. Con una aparente tranquilidad, le hace una pregunta sensible a Victoria.

Alanïa: ¿Ah, sí? ¿Y qué más dicen de mí, gran amiga?

Victoria Natalia: Dicen que tu derrota es inminente, y que no tienes el carácter para sacar a este país del hoyo. Incluso, están haciendo graffitis de algo que dice "la revolución se acerca". ¿Quién diría, ah? Parece que algo está sucediendo bajo tus narices y no te has dado cuenta, Alanïa.

Victoria Natalia se da un sorbo del Kool Aid que tenía en una copa, mientras Alanïa la observa con el rostro sin mostrar emoción. La gansa Carmín llega al lugar donde charlaba la dictadora y su frenemiga, y abre el pico para mostrarle sus afilados dientes a Victoria Natalia, quien sin respeto alguno le echa un poco de Kool Aid en la chola a la renegada ave. La dictadora le dice a Victoria Natalia que se acerque a la ventana con ella. Alanïa se trepa con dificultad en el stool de mármol y suavemente le habla al oído a su amiga.

Alania: ¿Tú te crees que yo soy pendeja? ¿Acaso crees que no sé que quieres correrme la mente?

La espigada y nerviosa mujer cambia su sospechosa sonrisa y comienza a sudar. Para bajar los nervios, se da otro trago de Kool Aid.

Victoria Natalia: No… no quise decir eso, solo te comento lo que la gente está hablando en la calle. Yo jamás pensaría que tú eres una pendeja y una ególatra que no sabe gobernar un país.

Alanïa: ¿Y qué más sabes, querida amiga? ¿Tienes algo más que decirme que yo no sepa? Espera…

La dictadora se baja con dificultad del stool de mármol y abre una gaveta que rechina por vejez, mientras una acobardada Victoria se da otro buche de Kool Aid. Alanïa toma un cepillo de Avon de la gaveta, se trepa casi sin aire en el stool de mármol y comienza a peinar suavemente el largo cabello negro de su amiga; Carmín, con la chola manchada de rojo por culpa del líquido que le derramaron encima, observa sigilosa a ambas mujeres.

Alanïa: Victoria Natalia, ¿acaso piensas que tú podrías dirigir un país mejor que yo?

Victoria Natalia: Eh... no... digo, no sé.

Alania: ¿Ah, no sabes?

Victoria Natalia: Quizás haría las cosas un poco diferentes...

La dictadora continúa peinando a su amiga y su temple muestra una sospechosa calma, mientras Carmín se va acercando. Victoria aún no sabe si continuar respondiendo las preguntas con peligrosa sinceridad o con una confiable condescendencia.

Alanïa: He estado pensando dejar esto de ser un tirana dictadora, de asesinar a traidores e irme a Fajardo a vivir tranquilamente en la playa con Carmín y Fonsi. Correr *four tracks* en la playa y pisar huevos de carey en la arena cada tarde. ¿Qué piensas?

Victoria Natalia: Te lo mereces, has trabajado mucho. Cuando le diste el golpe al gobierno estadista hace varios años, sabía que el trabajo no sería fácil, pero nunca dudé que no estuviese a tu altura.

Alanïa: ¿Sabes qué? Pensé en dejarte el país a cargo a ti, Victoria Natalia.

La ajirafada chica sonríe con sorpresa y Alanïa le devuelve una tierna sonrisa. La dictadora sigue peinando calmadamente el cabello de Victoria, quien baja las defensas y exhala tratando de que no se note la emoción por la imprevista noticia.

Alanïa: Sí, amiga, creo que serías idónea para este puesto. Cuando tengas el poder, podrás entender todas las sabias decisiones que he tomado a lo largo del camino, amiguita. ¿Lo tomas?

Victoria Natalia: ¡PUES, CLARO!

La dictadora toma el cepillo, le mete a Victoria Natalia por el mismo centro de la cabeza dejándola aturdida y da un torpe brinco del stool hacia el suelo. Carmín da un atlético salto y le da un fuerte mordisco en el cuello como el más hambriento buitre, provocando que la larga y flaca mujer se tambaleara; momento que aprovecha Alanïa para sacar fuerzas de su diminuto culo, y con su único brazo sano consigue levantarla y empujarla por la ventana.

La boina de Alanïa se cayó al suelo en el momento de acción, Carmín la toma con su pico, se la entrega a su ama y la dictadora se la coloca antes de subirse al stool. Con una sonrisa macabra y llena de altanería, mira con desprecio hacia el cadáver de su gran amiga Victoria Natalia.

Alanïa: ¿Y ahora? ¿Quién es la pendeja, mamabicha?

Alanïa pensó en buscar la carabina para dispararle desde lo alto y rematar el cuerpo de su amiga, pero estaba algo fatigada. La tirana y enana mujer se voltea para darse cuenta que está Verónico, quien había observado en silencio toda la siniestra escena. Alanïa se acomoda el cabestrillo, se sacude su pequeña chaquetita color verde oliva y actúa normal frente al asustado lugarteniente albino.

Alanïa: ¿Pasó algo, Verónico? ¿Te noto tenso?

Verónico: Creo que sí, Majestad.

Alanïa se baja del stool de mármol y saca una botella de sidra de su gaveta. Carmín con su pico abre ágilmente la botella, y Alanïa echa el preciado zumo en su pequeña copa, mientras Verónico se dispone a dar una terrible noticia.

Verónico: Su Majestad, encontraron dos soldados muertos en el límite de Vega Baja.

Alanïa: Déjalos que se jodan. ¿Cortaron sus penes para dárselos a Mikephillipe?

Verónico: No, no lo hicimos, Su Majestad. La dictadora mira encabroná al súbdito porque no agarraron la comida de su esclavo.

Alanïa: ¿Por qué carajo no cogieron los bichos, Verónico? ¿Qué carajo va a comer Mikephillipe? ¡Toma! ¡Córtate el bicho que Mikephillipe tiene hambre!

La pequeña tirana le tira una pequeña cuchilla embotada y pretende que el lugarteniente se cercene el órgano reproductor frente a sus ojos. Verónico no recoge la cuchilla que cayó al suelo y decide continuar con la encomienda de dar las malas nuevas.

Verónico: Su Majestad... los soldados fueron acorralados y una flecha los fulminó.

Alanïa: ¿Cómo que una flecha? ¿Mataron a uno y volvieron a usar la flecha para matar el otro?

Verónico: No, Su Majestad, los mataron a la vez... con un solo tiro. La persona que lo hizo tiene tremenda puntería. Alguien me informó que después de la frontera de Vega Baja queden estadistas cimarrones.

Alanïa: No puede ser, los matamos a todos.

Verónico: No, Su Majestad, matamos a todos los hombres. Esa fue la orden que nos dio Yulín. Las mujeres las dejamos vivas.

Carmín se acerca al oído de una enojada

Alanïa, y le da un suave graznido. La dictadora parece escuchar con detenimiento como si entendiera el idioma de la gansa. Verónico no sabe ya qué carajo pensar, pues la escena cada vez se pone más extraña. Solo faltaba que el cadáver de Victoria Natalia se trepara por la ventana en forma de zombi. Alanïa aleja su oído de la gansa, se da un sorbo de vino caliente, mira a Verónico, y luego le da un beso en el piquito a Carmín.

(Muack)

"¡Jajaja! Eres mala, Carmín", dice la dictadora con una perversa risa. Verónico observa la escena cagado del miedo, mientras Alanïa ríe y Carmín muestra sus punzantes dientes que parecen darle una sonrisa al asustado miliciano.

Alanïa: Tendremos que ir a ese lugar entonces. ¿Cómo se llama la aldea de mierda esa, Verónico?

Verónico: Morovis... la última trinchera estadista.

Alanïa: Pues, para Morocovis es que vamos.

Verónico: Es Morovis, Su Majestad.

Carmín se acerca al oído de la enana siniestra y le da otro graznido. La chiquidictadora vuelve a sonreír de forma macabra.

Alanïa: No, Carmín, no puedes hacerle eso a Verónico. Es que eres tan traviesa.

Verónico sigue perturbado, pero firme

esperando por la patrona, y a la misma vez tiene el culo tan sellado que si decidiera cagarse del miedo, el ano no le permitiría la salida al excremento.

Alanïa: ¡Vamos, Verónico! Tenemos deudas que cobrar en Morocovis. Dale la orden a las tropas y diles que hoy vamos a beber sangre usando como copas el cráneo de nuestros enemigos.

Corta de piernas, pero con gran coraje, Alanïa tira la copa al suelo, se quita el cabetrillo y camina rápidamente por el pasillo hacia la salida. "¡Trepen a Fonsi en la Jeepeta, que hoy va a correr la mierda por la montaña!", gritó Alanïa, mientras abría un mapa buscando ese lugar llamado Morocovis.

El Grito de Morovis

La noche había caído, y La Pedrita y Kevin estaban charlando recostados sobre una gran piedra con jeroglíficos taínos, mientras "Rumor de guerra" de Héctor El Father era coreada al fondo por un grupo de guerreras moroveñas que fumaban marihuana y bebían pitorro alrededor de una fogata. Las salvajes y velludas mujeres no cesaban de ligarle el delgado pene a Kevin, quien sentía que era el plato principal en una aldea de hambrientas caníbales. Klau le pasó el 'fili' a Kevin, que prefería rechazar la invitación por miedo a que lo violaran arrebatado. Comandadas por doña Omar, las chumbas hembras siguen cantando con fuerza y disfrutando de la rústica velada.

(Hay rumor de guerra y de funeral, comentan que a mí se me acerca el final. Rumores que

hay por unos que llevan y por otros que traen)

Klau: ¿Estás cagao, forastero?

Kevin: Un poquito. ¿Tú no?

Klau: No, yo nací para este momento. El hombre que me crió me lo dijo desde bebé. Toda mi vida me habló de este gran día que se acerca.

Kevin: ¿Cómo?

Klau: Pues desde que soy pequeña...

Kevin interrumpe a la líder de la revolución, que iba a contar su historia.

Kevin: No, ¿cómo entendías desde bebé lo que él quería decir?

El leve pensamiento de querer asesinar a Kevin allí mismo pasa por la mente de La Pedrita, pero decide ignorar su estúpida interrogante.

Klau: No seas pendejo, Kevin. El hombre que me crió me dijo que yo venía de una familia muy importante que tuvo a Puerto Rico con mucha abundancia. Se llamaban Los Rosselló, y fueron los mejores gobernadores que tuvo Puerto Rico, al punto que el país fue bautizado como "la isla del encanto", ya que había demasiada riqueza y prosperidad... pero los independentistas los sacaron por envidia, y mis ascendientes tuvieron que huir y dejar hasta los perros bota'os para proteger sus vidas.

Kevin: ¿Y qué pasó con los perros? ¿Sobrevivieron?

Klau: ¿Huelebicho, tú vas a seguir haciendo preguntas pendejas? Esto me lo tatué en memoria de ellas.

La Pedrita le muestra su costado al desagradable mensajero para que vea que tiene tatuados dos perros con los nombres de Reina y Mimi en honor a aquellas legendarias bestias. Los mosquitos comenzaron a masticar el desnutrido cuerpo de Kevin, quien se daba bofetadas con fuerza en su cuerpo, a la misma vez que Klau ni se movía ante el ataque de los animales alados sedientos de sangre humana. Luego de unos breves pero intensos minutos, donde los mosquitos le mordieron hasta el alma al mensajero, este decidió continuar la conversación.

Kevin: Klau, ¿cómo se llama el hombre que te crió?

Klau: Wilo… pero yo le decía Papi Wilo. Era un soñador de la estadidad… un verdadero patriota… un leal y sumiso amante de los Estados Unidos.

Una escurridiza lágrima corre por la mejilla de Klau, quien está un poco embriagada de emoción y pitorro. Con el mismo tacto de una antigua reportera llamada Margarita Aponte, decide continuar la tanda de preguntas de la forma más brusca posible.

Kevin: ¿Y cómo murió Papi Wilo?

Klau: Electrocutado tratando de poner una bandera americana en un poste.

El mensajero pensó en detener las preguntas para no hacer incómodo el momento, pero la curiosidad no lo dejó. Klau miraba fría -o arrebatada- el piso recordando a su padre de crianza.

Kevin: ¿Y pudo poner la bandera o se jodió antes de lograrlo?

Klau: Nunca pudo hacerlo, murió porque se trepó en el poste y puso sus manos sobre los desgastados cables olvidando que tenían corriente. Luego, la caída del poste lo remató. La bandera de Estados Unidos cayó desde lo alto lentamente, pero por suerte pude agarrarla antes de que tocara el piso. Aún la conservo y le prometí a Papi Wilo que la haría izar en el poste más alto durante la lucha por la estadidad.

Kevin: Tu historia es bien inspiradora, Klau. Mira, ¿hasta cuándo dura este jangueo? Recuerda que mañana tenemos que guerrear y estas mujeres van a estar todas deshidratadas y jodías con hangover.

Klau: tranquilo, dos cervezas más y apago la fiesta. Ahora déjame contarte la historia de mi madrina doña Miriam...

Mientras Klau y Kevin siguen charlando, Cebolla se mantiene alerta como un centinela mirando en la oscuridad, un fatigado Ángel baila e intenta sacar a una de las chicas a perrear a la misma vez que le pasa el flácido pene por las poquitas nalgas que tienen las mujeres moroveñas. Un amargado Plaud observa con celos a Kevin, y se da shots de pitorro de guanábana que tornan sus ojos en un color anaranjado fuego. Las montañeses hembras siguen cantando como si fuera la última vez que corearían estas coplas reguetoneras, y suben sus voces hasta dejar que el malianteo absorbiera sus almas. "Voy subiendo" es el tema que eligen para gritarle al dios de la guerra que están listas para la patriótica reyerta.

(Voy subiendo y ellos van bajando. Voy subiendo y ellos van bajando. Ustedes to'o son fekas no me estén amenazando que estamos cazando)

La fiesta seguía prendía, los filis pasaban de mano en mano y el pitorro tenía a todos inundados, excepto a Kevin, que sabía que debía mantenerse sobrio porque alguien tenía que estar en sus cinco sentidos, además las inquietas y excitadas campesinas seguían mirando su pequeño pene como si no hubiesen visto alguno en años. Ángel se aleja de la fogata y se adentra en la oscuridad porque tenía ganas de orinar, y aunque antes había meado frente a todos disparando el orín hacia la fogata en forma circular, esta vez tuvo la idea de irse por aquel apagado monte sin ni siquiera una linterna.

A lo lejos, se escuchaba a Floro y Tímoti intentando darle un mensaje al resto del poblacho que parecía ignorarlos. "¡Prrruprrruuu! ¡Kaká, kaká!", gritaban con energía a la misma vez que meneaban las ramas de los árboles que servían de atalayas para llamar la atención de los moroveños. Un curioso Ángel los escuchó, pero en vez de avisarle a La Pedrita o a Plaud lo que sucedía, decidió correr hacia unas pequeñas luces que se observaban a la distancia. Doña Omar y las guerreras siguen cantando eufóricas sin darse cuenta de lo que sucede.

(Despertaron al Pola pa' que los haga granola. Cuida'o con la ola que les viro la yola. Yo parto chola, abro fili y parto nolas con el combo de setenta, más el combo 'e Carola)

Cebolla, quien no ha dejado de observar el monte, nota unas luces a lo lejos, y mira a su alrededor buscando con sus bizcos ojos dónde está Ángel, pues sabe que el americanito es fanático de la luminiscencia y los petardos. Cebolla decide buscar a Ángel cerca de la fogata, pero no lo ve; así que el tartamudo revolucionario le entran las dudas y decide ir donde Plaud, pues lucía un poco más sobrio que el resto de las peludas mujeres.

Cebolla: ¡Pla-pla-pla-pla-plaud!

Plaud: No vengas a joder, Cebolla. No estoy para ti hoy.

El repugnante y encorvado hombre cesa de mirar por unos minutos a donde está Kevin y La Pedrita charlando, mientras el buen Cebolla coge un segundo round de aire para contarle al cabreado lazarillo lo que está sucediendo.

Cebolla: ¡Te-te-tengo dos no-no-noti-ti-ti-ticias pa-pa-para darte!

Plaud: Por favor, dame solo una que nos va a coger toda la noche si me dices las dos.

Cebolla: ¡El a-ame-ri-ri-rica-caca-ni-nito no-no a-apa-re-re-rece!

Plaud: Déjalo que se joda, él siempre vira cuando tiene hambre.

Un preocupado Cebolla no estuvo de acuerdo con la orden de Plaud, pero humildemente decidió acatarla. El estrábico cialeño iba a contarle a La Pedrita lo sucedido, pero el risueño Juanpi había salido con una capa para dar su presentación musical y todas comenzaron a aplaudir, excepto doña Omar que envidiaba en silencio al carismático cantor. Llena de celos, Doña Omar comenzó a ofrecer a las amazonas sus sabrosos néctares de pera y apricot, pero todas rechazaron la oferta de la dulce anciana con cabello de ébano.

Kevin había observado a Cebolla intranquilo

hablando con Plaud, quien al fin le daba un descanso a sus frágiles nervios, pues el horrible señor lo había estado mirando toda la noche sin parpadear. El enclenque mensajero le toca el hombro a La Pedrita para acercarse a su oído.

Kevin: Vi a Cebolla con cara de preocupación hablando con Plaud. Parece que estaba contándole algo importante porque cuando intentaba comunicarse escupió bastante a Plaud.

La Pedrita: Tranquilo, él siempre escupe cuando habla, pero vamos a preguntarle a Plaud qué está pasando.

Rápidamente La Pedrita y Kevin van donde Plaud, quien se encorva un poco más cuando su jefa se acerca. El tenebroso señor le muestra sus deformes dientes amarillos al mensajero, lo mira con desprecio y repudio, y luego cambia el semblante para mirar dulcemente a la líder la revolución estadista.

La Pedrita: ¿Qué te dijo Cebolla?

Kevin: Sí, qué te dijo, noté que te dio una mirada extraña.

Plaud: Esa es su bizquera que se agrava en la oscuridad. Solo me dijo que el americanito no aparece.

La Pedrita: Debe estar otra vez cazando cucubanos en el monte y se distrajo, tendremos que buscarlo.

Con el sistema lleno de pitorro y la soporífera índica de camino a alcanzar la nota pico, La Pedrita se adentra en la oscuridad y sacude unas ramas que entorpecen el camino; Kevin se le va detrás para buscar al querendón del pueblo. La expresión del rostro de Klau cambió cuando vio unas luces que se acercaban al pueblo y Kevin hizo un gesto como si se estuviese chupando el más amargo tamarindo. Los alanianitos habían llegado a Morovis.

La Pedrita: ¡Tumben la música, cabronas! Kevin grita con la misma fuerza de una mujer dando a luz unos gemelos de once libras cada uno para tratar de llamar la atención de las belicosas hembras.

Kevin: ¡QUE QUITEN LA MÚSICAAAAAAA!

Mientras La Pedrita y Kevin intentaban alertar, Juanpi lo estaba dando todo en la tarima cantando su éxito "La Pedrita" a la misma vez que las moroveñas disfrutaban los manierismos y las hechizantes notas musicales del alegre cantarín.

Juanpi: ♫*Solitaria, camina La Pedrita y la gente se pone a murmurar. Dicen que tiene una pena. Dicen que tiene una pena, que la hace llorar*♫

Klau llega corriendo junto a Kevin, y aunque la distancia del árbol a la fogata le tomaba unos cinco minutos, se tardó mucho más porque estaba arrebatada y sufriendo los síntomas de "la lenta"; incluso, se acabó la puta canción que Juanpi entonaba y ella no había dado el urgente mensaje. La Pedrita tomó su arco y el bulto con sus afiladas flechas, y emitió un grito que cagó a todo el mundo.

La Pedrita: ¡Estadistas, la revolución ha comenzado! ¡Puñetaaaa!

Todos se quedaron confusos y desorientados, pues se suponía que esa noche había jarana a poca luz y que la batalla sería al día siguiente. El oscuro Cebolla se trepa en la tarima y da un grito atronador con una voz de ultratumba que nunca habían escuchado, mientras señalaba hacia el monte con la uña larga y amarilla de su dedo índice.

Cebolla: ¡Alanïaaaaaaaaaaa!

Raudas y veloces, las borrachas y arrebatadas moroveñas agarran sus arcos y flechas, y Plaud se pregunta por qué carajo esta vez Cebolla no gagueó. La Pedrita comienza a dar las instrucciones a las guerrilleras, quienes con mucha dificultad intentan hacerle caso.

La Pedrita: Cabronas, llegó la hora. Sé que están arrebatás, sé que están borrachas, sé que sus reflejos están bien jodíos y que varias de ustedes están en menstruación, pero nosotras no nos dejamos y vamos a acabar con los abusos de la dictadorcita pendeja de Alanïa. Hoy va a correr la sangre en Morovis… hoy nacerá una nueva patria, coño. ¿Están listas? ¡Nosotras no nos dejamos, puñetaaaaaaaaa!

Las ebrias moroveñas comenzaron a gritar como el más aguerrido ejército espartano.

Moroveñas: ¡Auuuuf! ¡Auuuuf!

La Pedrita: ¡NO LAS ESCUCHO, PUÑETA!

Moroveñas: ¡AUUUUF! ¡AUUUUF!

Las eufóricas moroveñas comenzaron a correr hacia la oscuridad como locas a enfrentarse con los sobrios y salvajes alanianitos, mientras que La Pedrita decidió tener un momento a solas con Kevin, pues quizás sería el último momento en que ambos estarían con vida.

La Pedrita: Kevin, toma esto.

La cafre líder sacó un bolso que guardaba la bandera de los Estados Unidos de Papi Wilo, una vieja camisa del penepé y otra camisa con la bandera norteamericana.

La Pedrita: este será tu uniforme de guerra. Serás nuestro encapuchado y tu imagen en la lucha será recordada por siempre cuando logremos la victoria. Yo voy a luchar hasta que me quede la última gota de sangre, así que tú serás la persona que elevarás la bandera durante la batalla trepado desde lo más alto de Morovis. Esa será tu importante misión… tu abuelo estaría muy orgulloso de ti.

Kevin acepta el mandato de La Pedrita sin miedo alguno y con mucho honor, se pone su camisa del penepé y usa la camisa con la bandera norteamericana para cubrir su horrible rostro. El grotesco mensajero estaba experimentando unas cualidades que nunca había vivido: la valentía y la dignidad. Kevin cogió una macana hecha con árbol de guaba, tomó la bandera de los Estados Unidos con la otra mano y miró a La Pedrita con el coraje y las agallas que bajan el panty de cualquier mujer.

La Pedrita: Kevin, antes de irnos… ¿no te gustaría darme un beso?

El mensajero la observa con complicidad y da una sonrisa victoriosa.

Kevin: La verdad es que no. Eres muy bonita y todo, pero no me gustan las mujeres, Klau.

La Pedrita se queda fría por un instante, mientras Kevin comienza a correr hacia la gran batalla. La caudilla corre detrás de él y Plaud decide buscar el Jeep con pedales porque no puede correr por culpa de su joroba. Ninguno de ellos conoce a lo que va a enfrentarse, pero no tienen miedo.

ALEXIS ZÁRRAGA VÉLEZ

La gran batalla

Ya dentro de las fronteras de Morovis, la perversa dictadora cabalga a su sonriente y mullida alpaca Fonsi y observa los cuerpos de dos de sus soldados llenos de moscas. La maligna gansa Carmín prueba la sangre que está pegada en los cadáveres, mira con sus almendrados ojos el roto en las gargantas de los hombres y da un fuerte graznido que haría eco entre las montañas. Los lascivos hombres de Alanïa tienen como misión acabar con todo lo que encuentren de frente, y si queda algo vivo, lo violarían. En el medio de la oscuridad, aparece la amorfa sombra de un cuerpo blandito. Era Ángel "el americanito", quien se encontraba de frente con la tirana Alanïa. La dictadora observa al singular personaje, y no le dispara porque en la oscuridad no distingue si es un hombre,

una mujer o el fantasma de Susan Soltero con ganas de incordiar.

Alanïa se acerca en su blandita y esponjosa alpaca hacia donde está Ángel, y un sonido extraño sale desde la oscura maleza. La dictadora mira hacia todos lados, mientras trata de escuchar de dónde proviene el ruido. El americanito también mira hacia la maleza buscando el origen del sonido con la mirada, pero pone su mano derecha en forma circular sobre su oído derecho y gira su cabeza.

Floro: ¡Prrruprrrúuu!

Tímoti: ¡Kaká! ¡Kaká!

Floro: ¡Prrruprrrúuu!

Tímoti: ¡Kaká! ¡Kaká!

Los fríos soldados sacan unos grandes focos y comienzan a alumbrar el área, pero no encuentran nada. Alanïa observa a Ángel, y aún no sabe si es un hombre o una mujer, pero decide esperar a que hable. El extraño sonido en la oscuridad vuelve a resonar. Todos comienzan a mirar al área buscando el sonido con la mirada, y Ángel (con lo que parece una sonrisa en su rostro) vuelve a ponerse la mano derecha en forma circular sobre su oído derecho, girando su cabeza hacia todos lados.

Floro: ¡Prrruprrrúuu!

Tímoti: ¡Kaká! ¡Kaká!

Floro: ¡Prrruprrrúuu!

Tímoti: ¡Kaká! ¡Kaká!

Con su cara sin mostrar expresión, Ángel le señala a Alanïa los árboles donde están trepados los centinelas estadistas; su dedo gordo con olor a pega apunta a un árbol a la izquierda y otro árbol a la derecha. La dictadora mira hacia donde le indica el delator de carnes blanditas, y le dice a sus tropas que pongan sus focos en las direcciones que indica la criatura. Las tropas siguen instrucciones, ponen los focos hacia los árboles y ven a dos hombres desnudos con los ojos sobresalientes y sus rostros paralizados; esos segundos parecían eternos, pero Floro y Tímoti permanecían fríos y estáticos como si fueran las olimpiadas del tradicional 1-2-3 pescao y juraban que los alanianitos no podían verlos entre la maleza.

Alanïa mira a Floro y Tímoti, gira su diminuto torso hacia sus tropas y les muestra su dedo pulgar hacia abajo. Los soldados comienzan a dispararle a los hombres sin ropa, que caen abatidos por la balas y dan un último vuelo hasta estrellarse contra el piso. Tímoti intentó un definitivo "¡Kaká! ¡Kaká!", pero cayó sobre un espeque que perforó su tórax y rajaron sus pulmones. Alanïa mira a Ángel, quien da un intento de sonrisa, y le pregunta si hay más gente en ese pueblo. El peculiar hombrecillo mira hacia el fondo, señala hacia el oscuro camino por donde vino y suavemente le dice a la dictadora "I can count to potato". La tirana mira hacia donde señala Ángel, y le indica a sus tropas que hacia allá deben dirigirse. Rápida y furiosa, comienza a cabalgar a su holgazana alpaca a gran velocidad, mientras las tropas en Jeeps con pedales de bicicleta la siguen. Ángel, el americanito, siguió caminando hacia Vega Baja pensando en las brillantes luces que había visto desde el campamento.

Las tropas de la dictadora siguieron a todo pedal a su líder, que cabalgaba a toda velocidad al cándido Fonsi provocando que transformara su acostumbrada sonrisa por una mueca con la lengua por fuera. El mamífero frenó abruptamente porque su sagaz olfato sintió un extraño hedor, además Fonsi aprovecharía el momento para tomar un descanso luego de la gran carrera de cuatro minutos que acaba de dar. Alanïa se baja del cansado animal, y con la mano le indica a las tropas que frenen a la altura de un asta mohoso, donde antes hubo una gran bandera de Morovis. La tirana observa el oxidado asta, huele el aire y siente que algo se acerca. La liliputiense gobernante llama al lugarteniente Verónico a su lado, que va con la nariz resoplando como si fuera un caballo por culpa de un fuerte hedor.

Alanïa: Verónico, ¿verdad que aquí apesta?

Verónico: Bastante, Majestad.

Alanïa: ¿A qué te apesta?

El militar resopla su albina nariz una vez más y su olfato percibe un extraño olor, como si fuera una mezcla de mariscos frescos con mierda.

Verónico: Su Majestad, es un sudor... pero un sudor bien fuerte... como de buchas que acaban de jugar softball.

Alanïa: A mí me apesta a mierda de caballo.

Verónico: Sí, tiene razón. Debe ser que estamos rodeados de mierda.

De repente, una bola de mierda de caballo golpea en la cara a Alanïa, quien cayó al piso por el impacto del excremento. Antes de que la dictadora pudiera recuperarse del golpe y pararse, escucha el sonido una veloz flecha que vuela pasando cerca de ella. El vuelo de la flecha finalizó en el peludo pecho de la alpaca Fonsi, quien reposaba sentada en el piso antes de recibir la mortal herida. Alanïa se quita la mierda de la cara, mira hacia atrás y ve que su amado Fonsi está herido.

Alanïa: ¡Fonsiiiiiiiiii! ¡Noooooooooo!

La dictadora corre hacia la alpaca, quien da unos agotados respiros y antes de cerrar los ojos por última vez, le da una sonrisa a su ama. Lo último que debía suceder era la muerte de un ser querido para la desajustada Alanïa. Después de esto las cosas cambiarían, porque la malvada enana finalmente no tendría miedo, no solo de matar sin misericordia, sino a morir en la batalla… se soltó La Loca y se jodió la jodienda.

Alanïa: ¡Nooooooo! El que haya hecho esto, se va a joder. ¡Los voy a matar! ¡Voy a matar a sus madres, a sus hijos y a toda su descendencia, hijos de putaaaaaaaa!

Desde adentro del verde follaje, la voz de La Pedrita gritó con altanería.

La Pedrita: ¡Tira pa' lante, lambebicha!

El gran grito de una manada de aguerridas mujeres salió desde el follaje, y un bravío ejército de moroveñas salió de la maleza con arcos, flechas, lanzas, macanas y bolsas plásticas llenas de mierda de caballo. Las tropas de Alanïa estaban confusas ante el sorpresivo ataque, mientras la rústica hueste comenzaba a cobrar las vidas de los soldados del gobierno, que fallecían cuando las lanzas perforaban sus pechos. Alanïa se trepó en un Jeep con pedales de bicicleta, bajó el de'o y dio la orden para que le metieran caliente a las moroveñas. La dictadora tomó un cuchillo del vehículo militar, lo guardó en el bolsillo interior de su chaqueta verde oliva y con su carabina fue enfocada a encontrar quién fue la cabrona que mató al inocente Fonsi.

Los disparos suenan, caen cuerpos moroveños abatidos por las balas de los soldados, mientras que las lanzas y flechas traspasan los torsos de los otros. La sangre corre por la brea moroveña y La Pedrita pone sus ojos en Alanïa a la misma vez que grita para avivar a sus soldadas estadistas.

La Pedrita: ¡NoJotras no nos dejamos! ¡Yu nou guaraim seiín!

Las revolucionarias aprovechan la oscuridad del follaje para dispararle a los alanianitos que prenden sus focos, pero las rápidas flechas y lanzas van encontrando víctimas milicianas a su paso. La dictadora no ha herido a nadie a pesar de haber disparado más que cualquier soldado, mientras que Carmín ha matado dieciséis moroveñas solo con sus dientes.

Plaud está montado en el Jeep con pedales hurtado y observa a Kevin que no sabe qué carajo hacer para entrar en la batalla, pues solo tiene una macana; él sabe que su misión es subir el asta para poner la bandera, pero con esa corta macana lo matarían en poco tiempo. El deforme consejero le grita a Kevin que se monte en el Jeep con pedales para llevarlo hasta el asta sin que salga herido por las flechas. Las soldados logran organizarse y las balas comienzan a ser más eficaces, asesinando a muchas moroveñas, mientras que Alanïa sigue enérgica disparando sin darle a nadie, sin todavía aceptar que su puntería es pésima. La Pedrita nota que está sufriendo bajas y sigue con el mismo ímpetu de Leonidas rajando pechos con su lanza, aun sabiendo que todo se estaba yendo a la puñeta. Cuando destroza los pulmones de un alanianito y las gotas de sangre le brincan en el rostro, ve un grupo de hombres al fondo que llegan gritando con la misma fuerza que un coro de Niños Escuchas: eran Los Nenes que habían llegado a salvar el día. Con sus rústicas armas comenzaron a asesinar milicianos y a nivelar las fuerzas en esta gran batalla. El líder Abel vio a La Pedrita a una distancia prudente, la saludó mostrándole su abultado labio leporino y La Pedrita agradeció la ayuda de la tribu afirmando con su cabeza. La guerra continuaba en Morovis, y las promesas de ambas líderes se iban concretando: la sangre estaba corriendo en Morovis y la mierda estaba corriendo por la montaña. La Pedrita seguía luchando, pero con sus ojos puestos en Alanïa porque quería asesinarla con sus propias manos. La dictadora ve que los sublevados no son un hueso fácil de roer, así que pone su mano en forma de cuerno, y comienza a silbar para que salga el escuadrón élite, la caballería motorizada de Carolina, los más sanguinarios soldados de la dictadora: Los Kefrenes. Este escuadrón tenía bicicletas con motor de gasolina, y no temían en matarse en la raya con el que les pusiera de frente.

Alanïa: ¡Kefrenes! ¡Prendan esta pendejá! ¡Que corra la mierda!

La dictadora comenzó reír demostrando que había perdido todas sus facultades mentales y que estaba bien loca pa'l carajo, y continúa disparando sin sentido. Los Kefrenes iban eliminando a todas y cada una de las moroveñas, mientras el resto de los alanianitos las remataban con sus carabinas. En el ensangrentado piso, una gallarda y herida guerrera llamada Cuca se sacó el tampón por el rabo, y se lo tiró a un alanianito en la cara antes de morir desangrada y con los ojos abiertos. Los Nenes combatieron honorablemente, pero decidieron huir porque no querían que sus penes terminaran como almuerzo de Mikephilliphe. Mientras ocurría toda esta masacre, el moyeto Cebolla junto a Doña Omar con una canasta de néctares y Juanpi, sabían que su bando estaba jodío y no iban a sacrificar sus vidas en una guerra perdida, así que deciden escapar por las cavernas Las Cabachuelas para llegar hasta Ciales y refugiarse allí cobardemente.

Plaud y un encapuchado Kevin pedalean

con fuerza el Jeep hasta llegar al asta, a la misma vez que van pisando cadáveres de las guerreras moroveñas a su paso. El mensajero y Plaud logran bajarse, y Kevin levanta la bandera de los Estados Unidos y grita lleno de adrenalina. Antes de subir al asta, el asqueroso consejero se le acerca al enclenque mensajero y le dice al oído "no van a ganar esta guerra, yo mismo chotié todo el plan". Plaud le da una suave sonrisa, le susurra "cogemos de pendejos hasta los nuestros", mientras le espeta la cuchilla en el costado a Kevin. El traicionero Plaud le sonríe a Kevin con sus amarillos y afilados dientes, y al parecer se dispone a observar al mensajero hasta que se agote su sangre. De repente, decenas de gotas de sangre caen en la cara de Kevin y frente a sus ojos Plaud se desploma siendo víctima fatal de una bala perdida de Alanïa. La bala entró por la sien y fue única bala de la dictadora que dio con un blanco en toda esta batalla.

Kevin saca fuerzas de su masticado culo, y desangrándose comienza a subir el asta para colocar la bandera. Su mirada se nubla, el aire comienza a faltarle y su camisa está emplegostá de sangre. El semblante del mensajero se pone más feo de lo normal, pero él no deja de subir el asta con las pocas fuerzas que le quedan. "Un chispito na' más, puñeta", dice con la poca voz quebrada que le quedaba. La dictadora observa a Kevin escalando el asta y se dispone a dispararle para finalizar la abusadora cacería, pero una rápida lanza le tumba la carabina de las manos.

Alanïa gira su rostro y tiene de frente a La Pedrita, quien la mira con los ojos blancos y grandes, como si hace mucho tiempo hubiese estado deseando ese encuentro.

La Pedrita: ¿Sabes quién soy?

Alanïa: No, ni me importa. No voy a preguntarte si sabes quién soy yo, porque eso es obvio, pero te tengo solo una pregunta: ¿tú te bañaste hoy?

La Pedrita: Cágate en Yulín.

Klau quería jugarle con la mente a Alanïa, sin saber que la maligna gobernante no tenía sentimientos y desconociendo que fue la misma dictadora quien mató a su mentora. Alanïa ríe mostrando sus afilados dientitos, y no solo ríe, sino que entra en una pavera quien sabe si por locura o solo por pura cabronería.

Alanïa: ¡Jajajajajaja! ¿En Yulín? Si a Yulín la maté yo… como también te mataré a ti.

La Pedrita corre hacia a la dictadora, hace una maroma, toma la lanza, y comienza a darle una pela con el palo de la lanza sin usar la puya. Klau pudo usar sus puños para castigar a Alanïa, pero tirar jabs hacia el suelo era bastante difícil, así que decidió patearle la cara en la sien para derribarla malamente herida. Ya en el suelo y escupiendo sangre, la mezquina dictadora continúa riendo como loca.

Alanïa: No me dolió nada, ja… ja… ja…

La Pedrita: Quizás hoy perdimos la lucha, pero al menos te morirás y este será el primer paso para lograr la estadidad.

Alanïa: ja… ja… ja...

La Pedrita llena de ira y con la sangre caliente, atraviesa la lanza en el costado de

Alanïa, quien comienza a desangrarse, pero sigue intentando reír a viva voz. La expirada dictadora no puede respirar, pero balbucea unas palabras que Klau no puede entender. La Pedrita tira la lanza al suelo, se baja hacia Alanïa, quien estaba a pocos minutos de estirar la pata, y acerca su oreja a la boca de la dictadora que dice "Puerto Rico nunca será estado", mientras usa sus últimas fuerzas para sacar el cuchillo que tenía escondido y espetárselo a La Pedrita en el corazón. Ambas mujeres fallecieron juntas, dando el ejemplo de luchar hasta que el corazón se rompa. A lo alto del asta, Kevin sigue escalando sin fuerzas, pero le queda muy poco; estira su mano para comenzar a amarrar la bandera de los Estados Unidos, pero cada vez que respira siente navajas en sus pulmones, el mareo se agudiza y ya no puede ver nada, pero Kevin sigue intentando amarrar la bandera.

Ni Dios sabe cómo carajo Kevin tiene fuerzas para sostenerse del asta vaciándose de sangre, pero continúa dándolo todo. Los soldados comienzan a celebrar la victoria y no se han dado cuenta que Kevin intenta -una vez más- amarrar la bandera. La gansa Carmín con el pico lleno de sangre, ve al mensajero en el asta y da un graznido. La voz de Cucusa intenta despertar a Kevin y le grita "¡avanza, coño!", provocando que el enclenque mensajero abra los ojos, pierda todas sus fuerzas y cayera desde lo alto hacia el piso. El fenecido mensajero nunca logró que el pedazo de tela pudiera izar, así que la bandera de los Estados Unidos bailaba en el aire lentamente como bolsa plástica, hasta caer en el suelo sobre la sangre de las guerreras de la revolución estadista.

La gansa Carmín dio un graznido con la misma fuerza que un grito de un tiranosaurio rex para celebrar la victoria del ejército de Alanïa. La dictadura ha vencido.

Una semana después de la gran batalla

Después de la gran batalla donde fallecieron todas las guerreras moroveñas, y los alanianitos vencieron aunque con muchas bajas, los puertorriqueños celebraron unas democráticas elecciones en la ciudad de San Juan. Tras pocas horas de votación, los boricuas decidieron que la gansa Carmín debía ser la nueva gobernadora de Puerto Rico y regir los destinos del país. Como típicos hijos del maltrato, algunos votantes aseguraban que la isla necesitaba alguien de mano dura, pues los blandengues que los habían gobernado no sirven. El lugarteniente Verónico continuó como segundo al mando, y servía lealmente a Su Majestad Carmín, quien le daba graznidos en el oído para que él le diera las instrucciones a los subalternos.

Al llegar al poder, la primera orden de Carmín fue usar la poca gasolina que quedaba para hacer una caravana de San Juan a Morovis para celebrar la victoria. La gran caravana iba comandada por Los Kefrenes a quienes les seguía un convoy de viejas guaguas de Tatito's Transport repletas de súbditos, como la fenecida Alanïa cariñosamente solía llamar a sus fervientes seguidores. En el asta que da la bienvenida a "la isla menos", los ahora carminitos colocaron una bandera con la cara de Alanïa para recordarle a los boricuas el sacrificio de la honorable dictadora y el lugar fue bautizado como Morocovis.

Mientras la celebración ocurre, allá en Bayamón, desde lo alto del Salón La Cima, el apacible matusalén Barceló está sentado esperando al nuevo mensajero que debe estar por llegar.

ALEXIS ZÁRRAGA VÉLEZ

Sobre el autor

Alexis Zárraga Vélez nació el 21 de marzo de 1983 en Ponce. Es escritor, columnista, uno de los fundadores de ElCalce.com y participa del podcast "Siempre es lunes". Trabajó para los periódicos El Vocero y Metro, y ha escrito los libros "Las cavilaciones de un escritor loco", "El manual de la perfecta arpía" y la obra "La casa sin papel". Además, escribió esta pequeña biografía en tercera persona como los típicos pendejos ególatras. **#BadAbelardo**

ALEXIS ZÁRRAGA VÉLEZ

Made in the USA
Coppell, TX
14 December 2019

12967445R00134